Une chambre en exil

Du même auteur

La mort ne séduit pas les ivrognes, L'oreille du loup, 2014.
Loin de Damas, Le Temps des cerises, 2016.
L'Enfant oublié, Éditions Signum, 2016.
Le Petit Terroriste, Flammarion, 2018.
Le Dernier Syrien, Flammarion, 2020.

Omar Youssef Souleimane

Une chambre en exil

roman

Flammarion

ISBN : 978-2-0802-7145-7

Hasard

Tout ce qui me manque en ce moment, c'est le silence, le repos. Après une longue journée passée à transbahuter mes affaires jusqu'au deuxième étage, les ranger, je me retrouve allongé, mon dos est un soldat après une bataille.

Je balaie du regard cette chambre de 18 mètres carrés, où je resterai longtemps, m'enracinerai, me reconstruirai. Je vais trouver un travail, continuer mes études, et oublier les jours noirs, ceux de la guerre. Et, qui sait, rencontrer à nouveau une femme.

Enfin un lieu à moi, un lieu indépendant, où je peux fermer ma porte et m'isoler du monde entier. Depuis mon arrivée en Francc, j'ai logé chez des connaissances ; dans la maison d'une famille disposant d'une pièce libre, puis dans l'appartement de mon prof de français. J'étais comme un train cherchant le terminus.

Une chambre en exil

Dès que j'ai vu cette chambre, je suis tombé amoureux de sa grande fenêtre. Peu m'importait que l'ancienne locataire m'ait appris qu'un des murs était humide, ça ne me dérangeait pas. Je suis en train d'effacer l'humidité de mes jours. D'abord faire face à la difficulté de vivre en tant que réfugié, l'état des murs viendra plus tard, beaucoup plus tard.

Si elle avait su quelles épreuves j'ai traversées pour arriver ici, elle n'aurait pas dit cela. Je notais des numéros, téléphonais, discutais, faisais des visites. Mon but était d'avoir une pièce calme en région parisienne, peu importait la surface. C'est en effectuant ce périple que je suis devenu addict. Dans ma tête, l'image de Charlie Chaplin dans *Les Temps modernes* s'impose : lorsqu'il travaille dans l'usine à serrer des boulons. Quand le patron fait tourner la machine plus vite, Chaplin se met au diapason et devient fou : il veut serrer tout ce qui se présente à lui. C'était mon cas avec les logements. Quand je voyais une nouvelle annonce, j'envoyais tout de suite un message, sans m'attarder sur les détails : « Je suis intéressé par votre annonce… » Et je composais un numéro de téléphone. On me demandait mon origine, à cause de mon accent, et, dès qu'on savait que j'étais syrien, invariablement la réponse était : « Désolé, monsieur, le logement n'est plus disponible. »

Certains posaient une autre condition : pour un studio à 600 euros, il fallait que le locataire gagne au moins 2000 euros par mois et que le garant soit lui-même propriétaire.

Le premier à qui j'ai téléphoné disposait d'un T1 de 8 mètres carrés, dans le 12e, sans cuisine ni mobilier, au septième étage sans ascenseur, pour 700 euros hors charges. Il m'a expliqué que l'avantage de ce studio, c'est qu'il avait une très bonne douche. Il m'a proposé de le visiter, d'apporter mon dossier et celui de mon garant. Je lui ai suggéré de ne louer que la douche.

Le dernier propriétaire voulait louer une chambre au black pour éviter de la déclarer. Pour lui, un contrat ne signifiait rien. Il m'a dit texto : « Si tu ne paies pas, je te jette dehors sans tarder. Je me fous de l'État, de la police, de ton garant, ma seule loi, c'est celle d'Allah. »

Finalement, le hasard a joué son rôle ; mon prof de français est tombé sur l'annonce d'une de ses amies qui apprécie la Syrie : elle s'était rendue une fois à Damas, avait aimé la vieille ville, le peuple syrien… alors, elle a accepté de me louer son bien.

Naissance

Chaque chose est à sa place, comme je l'ai imaginé. Au-dessus de ma tête, au mur, des plumes cousues sur un morceau de bois, offertes par une Indienne : « Ça va apaiser ton sommeil. » Je n'ai jamais abandonné cet objet, il n'a rien changé à mes cauchemars, mais j'aime bien sa forme. Une calligraphie du poème « Liberté » de Paul Éluard. Le costume avec lequel je suis sorti de Syrie, je ne l'ai pas remis depuis ; je le garde pour le retour, un jour, peut-être. Un dessin d'Adam et Ève au moment de leur expulsion du paradis, cadeau d'une amie. Gabriel les guide. Mon bureau est proche de la fenêtre, en face du sofa, qui sert aussi de lit. De l'autre côté, un meuble séparé en deux : un placard rempli de vêtements et une bibliothèque contenant des romans, de la poésie, de la philosophie, des cours d'arabe, et des coquillages rapportés de la Méditerranée.

Une chambre en exil

Dans la camionnette de déménagement, je n'ai pas arrêté de penser à Louise Michel, de l'accompagner sur son long chemin. Je la voyais quittant la France, vers la Nouvelle-Calédonie, payant ainsi le prix de sa résistance. Je la voyais de retour à Paris où l'injustice et l'armée tenaient le haut du pavé. Elle continuait de manifester, pleine de courage. Son visage inspirant était aussi présent en Syrie où, quelques années auparavant, nous luttions contre le dictateur.

Sur mon portable, je regardais une photo de cette grande femme, écrivaine, militante, solide, forte ; la main sur la joue, j'avais l'impression qu'elle attendait la fin de son exil. Elle avait pris le bateau, franchi la Méditerranée, vers l'autre bout du monde, sans doute traversé le Moyen-Orient, des mois de chaleur, de peur. Aurait-elle pu imaginer qu'un jour, un exilé venu en sens inverse, de Syrie, habiterait chez elle, à Bobigny, rue Louise-Michel ?

Je ne suis plus engagé dans la noria de la lutte traditionnelle, je ne viens ici que pour vivre ; un autre type d'engagement.

Pendant que j'attendais le feu vert, impatient d'être dans mon nouveau logement, des passants venus de tous les horizons traversaient la rue. Un garçon s'adresse à son camarade en dialecte magrébin : « On est en retard. » Une femme porte des grands sacs, des têtes de poireaux dépassent de l'un d'eux, comme si elles surveillaient la scène. Un SDF boit son café sur un matelas posé au milieu du trottoir. Des centaines d'êtres humains s'agglutinent entre le métro, le tramway et les arrêts de bus. Au loin, une lucarne munie de barreaux de fer apparaît au centre d'un mur n'appartenant à aucun bâtiment. Que fait-elle là toute seule ?

Une petite fille, une enfant, voilée, suit son père barbu, la tête baissée vers le sol. Elle tombe, le voile aussi. Le père revient vers elle, la tire par le bras, lui remet son foulard. Il regarde autour de lui pour s'assurer que personne n'a entraperçu les cheveux de la gamine. Le feu a changé de couleur. Un chauffeur klaxonne afin que le barbu libère le passage, ce dernier l'insulte, le chauffeur descend, ils se disputent. L'enfant se met à pleurer. Les deux excités commencent à se bagarrer, le chauffeur attrape la longue barbe de l'autre, la tire, son adversaire le repousse pour mieux lui donner un coup de poing au visage. Des passants les séparent rapidement.

Qu'est ce qui m'attend dans cette ville ?

Je n'ai aucune envie de revivre dans une atmosphère islamiste. Dès mes 18 ans, j'ai fui ce mode de pensée en quittant la maison familiale à côté de Damas, où l'on entend cinq fois par jour l'appel à la prière, lancé depuis six grandes mosquées et où les gens ne s'intéressent qu'à leur vie après la mort.

Je m'empêche d'y penser. C'est ma ville maintenant, il faut l'accepter telle qu'elle est. Ici comme ailleurs je suis chez moi, car je n'ai plus de chez moi. Étranger partout. Où que j'aille, je trimbale ma mémoire, je renais, et la vie recommence.

Douceur

Une de mes habitudes bizarres, le matin, c'est de me parler à voix haute, de tout et de rien. Dès que j'ouvre les yeux et que je fais chauffer l'eau de mon café, en fredonnant sous la douche, je me raconte des histoires. Parfois, je chante en arabe, sans savoir pourquoi ces chansons me viennent ainsi à l'esprit. Pour le moment, je m'entretiens de ce que je vais faire aujourd'hui. J'ai beaucoup d'énergie, il faut que j'en profite pour entreprendre la tâche la plus importante, la plus sacrée en France après un déménagement : aller à la préfecture pour faire mettre à jour mes papiers.

J'ai un pain au chocolat sur mon petit frigo, ça suffit pour me convaincre que ce monde mérite d'exister. Aucune raison de se plaindre tant qu'il y a des choses simples qui rendent heureux.

Je m'amuse de ce cadeau de la vie en observant le spectacle que m'offre la fenêtre. L'espace vide de passants est occupé par des voitures garées devant les immeubles. J'aperçois un petit jardin assiégé par des barrières de bois, il appartient à des voisins. Un rideau blanc, celui d'un appartement de l'autre côté de la rue : une fille l'ouvre, caresse des fleurs plantées sur son balcon. Pour moi, c'est l'annonce du début de la journée.

Elle fait des exercices de yoga sur un tapis à côté d'un grand miroir. Son studio a la même surface que le mien. Debout, vêtue d'un short et d'un tee-shirt, elle met un pied devant l'autre. Tête baissée, elle pose une main sur son ventre, puis elle s'allonge sur le dos, enroulée sur elle-même, comme si elle avait trop mal. Elle se relève et tourne les yeux vers moi. Elle m'a vu ! Je m'éloigne au fond de la chambre, elle avance vers le rideau, le ferme.

Mon séjour commence mal : cette femme est habituée à faire du sport en pleine lumière, et voilà que je limite sa liberté.

Je m'habille pour sortir. Ma voisine est en bas, elle claque la porte de son bâtiment derrière elle, avance, rapide. Ses longs cheveux lisses tombent en vagues sur ses épaules. Ses pas ne font aucun bruit, malgré le calme qui règne dans le quartier.

Sans elle, cette matinée ne peut pas être pleine.

Wallah pas cher

Les nuages sont gris, lourds, mais ça ne change pas mon envie de vivre cette nouvelle journée comme il faut. Je marche sans but, je ne sais plus où je suis, mais je ne me sens pas perdu.

Soudain, en sortant d'une ruelle, je vois le sigle PMU. J'ai le temps avant l'ouverture de la préfecture. J'entre, les clients me regardent bizarrement, comme si je venais d'une autre planète. Mais ils m'oublient rapidement. Trois hommes suivent sans bouger, ticket en main, des chevaux qui galopent sur l'écran. On dirait qu'ils méditent. D'autres bavardent. J'entends des mots sans aucun lien entre eux : salut mec, ils sont cons, va te faire foutre, *wallah*, *inchallah*, frère, pas cher, nique sa mère, ça coûte...

Ces gens se retrouvent autour de la boisson et du jeu, sachant que la probabilité la plus forte est qu'ils ne vont rien gagner. Ils continuent à jouer, l'excitation leur tenant lieu de gain. Le temps s'écoule entre le bruit des verres entrechoqués et celui de la monnaie sur le comptoir. Ce dernier est grand, mais l'espace est petit. Les tasses sont bien rangées à côté des ballons de rouge, des bouteilles d'alcool et des pompes à bière. Une calligraphie de « Salam », paix en arabe, est accrochée sur un mur noir, un autre en pierres blanches et bleues est à moitié recouvert de moquette. Du plafond en lambris sortent de longs fils supportant les lampes décorées de feuilles en plastique.

Je commence à faire des phrases avec les mots que j'entends. « Salut mec, *wallah* ça coûte pas cher, va te faire foutre, frère. »

Un seul nom revient dans leurs propos, celui de Fouad, le barman : « Fouad, où est mon verre ? » « Fouad, tu fais quoi aujourd'hui ? » « Tout roule pour toi, Fouad ? »

Il ne cesse de se déplacer, pressé, répond à tout le monde et réagit instantanément à chaque demande. Avec son regard doux, son visage fin bien rasé, il donne l'impression de pouvoir garder son calme même dans les moments les plus difficiles. Mais lorsqu'il me sert mon café d'une main, et prend le billet d'un client de l'autre, je remarque un grand chagrin mâtiné d'espoir dans ses yeux. Ça donne envie de mieux le connaître.

Perdu

Des dizaines de personnes me précèdent devant la préfecture, arrivées bien en avance pour être certaines de pouvoir entrer. Mon sac à dos est lourd, il faut dire qu'il renferme un ordinateur, un livre, un pull et tous les papiers importants. En Syrie, pendant la guerre, quand je sortais de chez moi, je ne savais pas si j'allais pouvoir revenir, à cause des bombardements. Bien que je me sois débarrassé de mes obsessions, ma vie ressemble encore à celle d'une tortue, mon sac est ma maison.

Ce bâtiment me fait penser à mes premières journées en région parisienne, quand je venais suivre des cours de français dans une salle réservée par la préfecture. Je passais mon temps à comparer cette langue avec l'arabe qui n'a que trois temps, le passé, le présent et le futur. En français, j'ai eu besoin de plusieurs mois pour comprendre la différence entre l'imparfait, le plus-que-parfait, le subjonctif, le passé composé, et le passé simple, ce dernier ne l'étant pas vraiment.

Un Afghan m'arrache à mes pensées. Il vient pour une demande d'asile et pose des questions à un homme derrière lui :

— Quand vont-ils nous laisser entrer ? Comment ça se passe ?

Il est en France depuis trois mois, travaille comme mécanicien, et n'a pas de papiers. Il est entré de façon illégale, a traversé la Méditerranée, l'Italie et atterri à Bobigny. Il ne sait pas ce qu'il doit faire pour obtenir une carte de séjour.

C'était aussi mon cas quand je préparais le dossier de demande d'asile bien que ma situation fût légale. J'avais l'impression que tout serait fini une fois la carte de séjour en poche, mais ce n'était que le début d'une longue série de démarches : inscription à la Sécurité sociale, à Pôle emploi, etc. Quand on vit dans un pays où l'État n'aide personne, où l'administration n'a aucun sens, on ne se rend dans les bâtiments officiels qu'à l'occasion d'un mariage, d'un divorce, ou d'un voyage.

La paperasse de mon changement d'adresse est prête. Le plus compliqué a été le début. Je ne savais pas comment faire, alors j'ai choisi une manière très simple : contacter directement la préfecture. J'ignorais alors que c'était si difficile. Envoyer un mail administratif en français était pour moi plus ardu que d'apprendre le chinois, et c'est toujours le cas.

Comme j'en avais assez, j'ai écrit : *Cher Monsieur, chère Madame, bonjour, j'habitais chez mon prof de français à Champigny, et je viens de trouver une chambre à Bobigny. Je voudrais changer mon adresse sur ma carte de séjour, comment faire ? Merci.*

Cette étape administrative n'est pas la dernière, mais elle permet d'accéder à la suivante sur le long chemin aboutissant au dépôt d'un dossier de naturalisation. Une première tentative à la suite d'un autre déménagement avait échoué : la même adresse ne figurait pas sur tous les papiers.

Kafka

Dans la salle d'attente, l'image de ma voisine me revient en tête. Comment peut-elle, avec toute son énergie, sa présence brillante, exister à moins d'un kilomètre de cette atmosphère déprimante ?

Les yeux rivés sur l'écran, je me précipite vers le guichet indiqué dès que mon numéro s'affiche.

— C'est pour quoi, monsieur ? me dit l'employé.

Je l'informe en mettant mon dossier sur la table. Il jette un coup d'œil, le referme.

— Les photos ne conviennent pas.

— Mais elles sont conformes.

— Elles sont anciennes, prenez des photos récentes et revenez, bonne journée.

Le taux de caféine dans mon sang s'effondre. J'ai le temps de prendre des photos aujourd'hui, mais il faut obtenir un nouveau rendez-vous, ça ne sera pas avant des jours et des jours. Aucun souci, je reviendrai une autre fois.

La phrase la plus fréquente quand je discute avec un Syrien sur les réseaux sociaux, dès qu'il sait que je vis dans la capitale française, c'est : *Tu as bien visité les musées à Paris ?* Je lui réponds : *Pas encore, mais je fais le tour des bâtiments officiels.* Je sais bien où se trouvent les divers services de la préfecture, Pôle emploi, la CAF, la Sécurité sociale, l'OFPRA, et le Centre des finances publiques.

Quel fonctionnaire a choisi cette jolie palette de couleurs pour les formulaires de ces administrations ? Le bleu pour la CMU, le mauve est réservé à la carte Navigo et le gris à la CAF. Quand je les dispose sur un bureau, j'ai l'impression d'être devant un arc-en-ciel.

Café amer

La trace notable de mes racines sur ma terre d'accueil, c'est mon accent : un signe particulier qui montre que je ne suis pas d'ici. C'est un point commun avec Fouad. Pendant qu'il m'apporte mon café allongé, il me pose des questions sur ma vie : d'où je viens, depuis quand j'habite le quartier… Les quelques mots tunisiens qu'il emploie m'évoquent la Méditerranée.

D'habitude, j'évite de répondre ; je n'ai pas envie de parler de la guerre, de l'exil à chaque fois que je rencontre quelqu'un, ces sujets m'obsèdent jour et nuit. Mais son calme, sa gentillesse me poussent à échanger avec lui.

À cette heure-ci, autour de midi, il y a moins de clients que la fois où je suis venu tôt le matin. Les manches repliées sur ses bras musclés reposant sur le bar, Fouad me tutoie sans me demander l'autorisation, et je fais pareil. Il m'explique qu'il vit à Bobigny depuis cinq ans : originaire de Sfax, il s'y rend chaque été et s'est acheté une maison au bord de la mer. Une photo des lieux est accrochée à côté de la machine à café. La maison, peinte en bleu et blanc, est entourée de palmiers. À deux pas, la mer s'unit avec l'horizon.

Je lui demande pourquoi il a quitté la Tunisie.

— J'ai étudié l'architecture là-bas, j'ai galéré, longtemps, tout en cherchant un travail pour finalement bosser comme chauffeur de taxi. Comment vivre dans un pays où tout ce qu'on gagne finit dans la poche des hommes de pouvoir, où les transports, comme toutes les infrastructures, sont en ruine ?

Au bar, un vieil homme boit sa bière. Cheveux doux, blancs et or, front ridé. Il lit le journal *L'Humanité*, un graffiti de #Metoo en une, il n'a pas changé de page depuis une heure.

Fouad lui sert un verre d'eau :

— Il n'y a pas que la bière qui est bonne pour la santé, l'alcool te tuera.

L'autre réagit sans lever les yeux.

— Va te faire foutre.

— Comme tu veux, enfin, c'est pour toi.

— Si un cochon avait le choix entre l'alcool et l'eau, il choisirait quoi ?

— L'eau à tous les coups.

— Tu sais pourquoi ? Parce que c'est un cochon, comme toi.

Je pense à ma voisine, élégante, charmante. Si elle écoutait cette discussion, rirait-elle ?

Je finis mon café. Au Moyen-Orient, il a toujours le même goût, amer. Je n'ai jamais compris la raison de cette tradition. Lors des cérémonies, des funérailles, des fêtes et des mariages, le sucre est interdit. Un homme écrase les grains dans un mortier, fait bouillir la mouture tout doucement sur un feu de charbon de bois qui brille comme les yeux des chats dans l'obscurité. Une fois la boisson bien serrée, il va d'un invité à l'autre avec une verseuse dorée et des tasses en porcelaine. Il en sert quelques gouttes à chacun, assez pour se réveiller.

Faites un don

Une longue matinée à la préfecture me donne envie de manger une pizza quatre fromages, ou même huit. Ça n'existe pas, mais j'aurais bien aimé en goûter une ; ça serait très français, et je serais alors vraiment intégré.

Dans une pizzéria, juste à côté du PMU, j'attends ma commande. Un type au visage rond attire mon attention. Il est musclé, chauve, tourne la tête dans tous les sens, sans arrêt, comme un robot.

Je n'ai pas remarqué l'entrée d'une autre personne, un homme barbu portant une djellaba. Il s'installe en face du premier.

Je les surveille grâce à un miroir mural. Même s'ils croisent mon regard, mon visage, ma langue arabe sont un passeport efficace pour éviter toute suspicion. Je comprends à leur discussion que le barbu est un imam du quartier. Il dit à son pote :

— Saber, ça sera une super-conférence, beaucoup de monde viendra. On a bien fait d'acheter cette salle, elle est plus grande que la mosquée. En plus, ça nous aide à nous présenter comme des gens ouverts : nos activités ne se déroulent pas seulement dans des lieux réservés aux musulmans.

Il baisse la voix.

— J'ai invité des gens de la mairie. Ils viendront, ils vont parler en bien de nous, c'est important pour eux qu'on soit à leurs côtés lors des prochaines élections.

— D'accord, je vais acheter ce que t'as demandé.

— Il faut que tout soit de bonne qualité, les desserts, les jus, le pain. Tu sais où choisir chaque produit.

— Je connais les meilleures pâtisseries de Bobigny, le reste je le prendrai à Auchan.

— Ne lésine pas sur la quantité. Il vaut mieux qu'il en reste plutôt que ça vienne à manquer. Tu as suffisamment d'argent ? Si tu en veux plus, tu me le dis.

Un magnétophone diffuse la voix d'Abdel Basset Abdel Samad psalmodiant le Coran. Le message divin parvient à l'extérieur. Ma pizza arrive, les deux hommes se lèvent. Avant d'ouvrir la porte, l'imam se tourne vers moi. Il m'interroge sur mon origine. Je lui réponds. Il s'approche.

— D'où en Syrie ?

— De Damas.

Il sourit.

— J'ai étudié trois ans à l'institut Al Fath[1], entre 2007 et 2010, juste avant la révolution. J'avais beaucoup d'amis syriens.

Il parle rapidement. Sur son grand visage brun, une tache sombre indique qu'il pratique assidûment la prière, à l'instar des salafistes. C'est un symbole de piété ; en réalité, ce n'est que le produit de la chirurgie esthétique.

Saber hoche la tête, me toise de haut en bas ; l'imam continue :

— Tu fais quoi ici ?

— Je suis réfugié, j'enseigne l'arabe.

Il m'invite à la conférence, me donne l'adresse, et dit au serveur :

— Tu fais attention, Jamal.

Puis il part.

En Syrie, j'ai connu ces types et leur prière du vendredi : au début de l'après-midi, la mosquée est pleine. Le public de tous les âges est assis sur des tapis disposés au sol, silencieux. Des colonnes blanches soutiennent le plafond, d'où pendent des lustres énormes, avec de grandes ampoules. La voix de l'imam, forte, déclare à travers les haut-parleurs : *Oh Dieu, détruis les ennemis de la religion,*

---

1. Institut des sciences islamistes.

les juifs, les chrétiens et les polythéistes. Ces propos résonnent encore dans ma tête, tout comme les *Amen* répétés par l'assistance après chaque phrase. Il nous ordonne de nous tenir debout pour la prière : *Rapprochez-vous les uns des autres, ne laissez pas de place pour le diable, soyez bien alignés, Dieu ne regarde pas la file mal rangée.* Et il commence la prière : *Allah Akbar.* Les mains levées jusqu'aux oreilles. Pour moi, cet ordonnancement que je connais par cœur évoque toujours les préparatifs d'une bataille.

Mais en France, je n'ai aucune idée de ce que les imams peuvent bien dire.

À côté de la caisse, un tronc pour recevoir les aumônes porte une phrase en arabe : Faites un don, pour la mosquée, la maison d'Allah, et vous aurez une chambre au paradis.

Je ne rêve pas de cette chambre, celle de l'exil me suffit.

Je demande à Jamal :

— Il est sympa ce monsieur, tu le connais ?

— C'est le patron, me dit-il en me tendant la note.

La fille verte

C'est le pseudo de ma voisine, je l'appelle comme ça car, ce matin, quand elle est sortie de la maison, elle portait une veste vert clair et un châle de la même nuance. Ça lui va très bien. Daltonien, je ne distingue pas le vert du marron ; ses vêtements avaient la même couleur que les arbres du début de la rue quand elle a cheminé parmi eux. Celle de cette saison mélancolique et de son tee-shirt de yoga.

À mon retour dans ma chambre, une idée me vient : je vais entrer dans son bâtiment. Elle est déjà partie. Je suis inquiet, j'ai l'impression de revenir en enfance, quand je passais par la fenêtre du cellier pour chiper du chocolat.

Une dame âgée sort, je file rapidement vers le couloir, feignant d'avoir oublié mes clés. Elle tourne la tête vers moi, son visage est sombre, mon stress augmente.

Sans allumer la lumière, je monte jusqu'à son étage. Je trouve deux portes. Avec la lampe de mon portable, j'inspecte les sonnettes, la première est celle d'un certain Mahmoud, l'autre indique Violette Morin. C'est elle !

En revenant chez moi, je tape ce prénom et ce nom sur Instagram ; je n'arrive pas à savoir si c'est elle : la photo est trop petite. Je continue la recherche sur Google. Violette Morin, Bobigny : rien. Puis sur Facebook, elle est là. J'appuie sur « Proposition », il n'y a qu'une seule information : née en avril 1990. C'est l'année de la fin de la guerre au Liban, dix ans avant la mort de Hafez el-Assad, l'ancien dictateur syrien. Tout ça n'a rien à voir avec Violette, mais c'est la manière de calculer de ceux qui viennent du Moyen-Orient.

Sa photo de profil la montre devant un fleuve ; elle porte une blouse blanche et tourne le visage à gauche vers le cours d'eau. Son sourire doux, lumineux, ne permet pas de savoir si elle est joyeuse ou si elle se moque du monde entier. Cette photo me fait penser à une fête des oiseaux dans un village oublié.

Sur une autre photo, elle est devant une ancienne salle de sport à Bobigny. Un sac à la main, elle regarde la caméra. On devine l'épaule d'un homme à ses côtés. Il est grand dans son costume noir. Je reconnais le lieu grâce à l'inscription :

Le bonheur de la gymnastique. C'est la salle où l'imam m'a invité pour sa conférence. Je ne savais pas que c'était un ancien local sportif.

Ce que je viens de faire ressemble au travail des services de renseignements ! Mais je dois remercier les réseaux sociaux, grâce à eux je me suis rapproché de ma voisine.

Violette était-elle là pour l'imam ou pour le sport ? J'allais bientôt le savoir.

*

* *

Comme dans les vieilles maisons arabes, la cour de celle de mon enfance était au centre, entourée par les chambres. Des oiseaux avaient fait leur nid dans le trou d'un des murs en torchis. Libres, en fin de journée, ils traversaient la cour, se rassemblaient dans leur refuge. Ils faisaient un bruit considérable, sans faire attention aux habitants rentrant du travail. Pour eux, c'était le début d'une soirée de danse, loin du chagrin du coucher du soleil se reflétant sur les feuilles d'une treille, loin de ceux qui se précipitaient vers la mosquée, et loin d'un pays qui n'admet pas la joie.

Affiche

Avant que je déménage, mon prof de français m'a confirmé que c'était la bonne ville pour exercer une activité d'enseignement. « Dans le 93, nombreux sont ceux qui, originaires d'Afrique du Nord, veulent apprendre l'arabe, la langue de leurs parents, et la faire étudier à leurs enfants. »

Enseignant syrien d'arabe, prêt à donner des cours, tous niveaux : expression orale et écrite, grammaire. Je me dirige vers un kiosque qui fait face au métro pour coller cette annonce. Les gens courent dans tous les sens, mais personne ne s'arrête pour jeter un coup d'œil aux journaux. Le vendeur âgé aux grandes lunettes, qui passe son temps à fumer ou à boire du thé, me permet de le faire. J'arrive difficilement à avancer parmi les motos et les vélos garés autour d'une boîte aux lettres jaune bien visible à côté du centre commercial. J'y accroche l'affiche. Je fais pareil sur l'un des murs de la préfecture, où de nombreux morceaux de bois de couleur blanche jonchent le sol, à deux pas des poubelles, je devine qu'ils faisaient partie d'un lit. Des enfants jouent avec, ils sautent au milieu des débris.

Un garçon équipé d'une banane, de chaussures de sport et d'un survêt noir, visage brun, petite moustache et casquette, lit le texte de l'affiche et se tourne vers moi :

— Tu es depuis longtemps ici ?

— Non, pourquoi ?

— Rien, je ne t'ai jamais vu avant, je suis du quartier. Je pratique pas l'arabe, mais je suis d'Algérie.

Il se frotte l'œil.

— Tu peux m'appeler Saïd, mes parents m'ont nommé comme ça car ça signifie content en arabe, n'est-ce pas ?

— Exactement.

— Tu vois, je connais des choses.

Il se rapproche de moi :

— Tu cherches pas un truc à fumer ?

— Non merci.

Il s'éloigne.

— Tu es bien éduqué, toi.

Les mains dans les poches, il marche très vite en direction du métro. Je le suis jusqu'à ce qu'il disparaisse dans la foule.

J'arrive ainsi chez Fouad. Dès qu'il me voit, il me fait un signe de la main :

— Je t'ai vu hier. Tu es allé à la pizzéria d'à côté. Tu fais ce que tu veux, mais fais gaffe, le patron, l'imam, est un gros con.

— Mais vous êtes tous les deux arabes, non ? lui dit le vieux.

— Oui, mais on n'est pas pareils. Il est venu plusieurs fois pour me donner des leçons de morale parce que je vends de l'alcool. Il croit que je vais écouter son discours d'arriéré. Il se considère comme un guide vers Dieu : on doit suivre ses instructions pour aller au paradis. Il a racheté l'ancienne salle de gymnastique, où il trouve l'argent ? Bientôt il va acheter toute la ville !

— Vous, les Arabes, on ne sait pas qui vous êtes, vous êtes complètement différents, et vous êtes partout.

Je demande à Fouad l'autorisation de mettre mon affiche chez lui. Il en prend plusieurs exemplaires, les punaise derrière le comptoir, juste à côté de la photo de sa maison à Sfax.

— Je vais parler de toi aux clients, j'espère que ça va marcher. Tu peux aller à L'Avenir, un institut pas loin d'ici. C'est le lieu le plus connu où l'on enseigne l'arabe à Bobigny.

Le vieux me demande s'il faut connaître l'arabe pour aller en Tunisie, Fouad l'entend :

— On parle tous français là-bas, ne t'en fais pas.

— En Syrie c'est pareil ? dit le vieux.

Un mot arabe me vient à l'esprit, un mot qui signifie presque : « ça n'a rien à voir », mais je ne trouve pas son équivalent français et cela me rend fou. Je lui réponds :

— Non, ils ne pratiquent pas le français dans ce pays.

Je m'aperçois que, quand je parle de la Syrie, j'utilise de moins en moins « nous », je le remplace par « ils ».

Échec

Je vais à L'Avenir, espérant que l'institut mérite bien son nom.

Le directeur, occupé par les nombreux dossiers étalés sur son bureau, m'invite à m'asseoir. Il s'adresse à moi en arabe littéraire :

— Tu arrives trop tard, on n'a plus besoin de profs.

Ils ont trois salles, grandes, confortables. Une femme entre et sort dès qu'elle me voit pour revenir avec un voile. Ses cheveux ressemblent un peu à ceux de Violette. De sa discussion avec lui je comprends que c'est son épouse et qu'elle donne des cours.

Ce lieu ne reçoit que des enfants ou des collégiens.

— Tu es plus professionnel que la plupart de nos profs. La majorité n'a pas étudié l'arabe à la fac. Ils l'enseignent seulement parce qu'ils le parlent, me précise le directeur.

La photo d'un échiquier trône sur le mur derrière lui. Quel lien avec la langue arabe ? Il y joue peut-être. Les pièces sont déjà en place, comme avant tout début de partie. C'était le seul jeu autorisé dans mon enfance. « Grâce à lui, on peut penser, pas comme avec les cartes où la chance tient le rôle principal », disaient les grands. En été, on passait des soirées, des nuits entières, à y jouer comme des fous. On préparait des plans, on se séparait en deux groupes, l'un soutenait les blancs, l'autre les noirs. Certains ne pouvaient jouer qu'avec une seule couleur. L'adrénaline augmentait une fois que les deux joueurs avançaient leurs pions. Parfois, ça chauffait plus que d'habitude, un des deux adversaires balayait les pièces. Les autres rigolaient de son énervement.

Jusqu'à aujourd'hui, les échecs restent une obsession pour moi. Sur Internet, je joue avec des gens du monde entier. Ni la nationalité, ni la couleur n'ont de valeur dans la bataille, seuls le talent et l'expérience comptent. Je ne suis aucun plan, je préfère les attaques-surprises. Le cavalier est mon préféré : il est difficile de deviner ses mouvements. En cas de victoire, la dopamine m'envahit, surtout si l'attaque surprend « l'ennemi » : la reine placée dans l'axe du roi l'assiège. Puis je propose un nouveau défi, on se bat en imagination, sans verser de sang, sans victime, mais avec un vrai sentiment de victoire. Je me demande toujours pourquoi ce jeu ne remplace pas la vraie guerre !

J'ai envie de proposer une partie au directeur ; s'il gagne, je pars, si c'est l'inverse, il m'emploie.

Sa femme lui demande la permission de rentrer à la maison. Il acquiesce sans même la regarder. Ce mode de vie, tout comme les échecs, n'est pas juste avec les femmes : à part la reine, aucune pièce ne porte de nom féminin et, si elle meurt, le jeu continue, ce qui n'est pas le cas avec le roi.

En arabe, il n'y a même pas de reine. On appelle cette pièce : le premier ministre. C'est normal dans une culture où les femmes ne sont considérées que comme des êtres désirés par les hommes. Elles doivent conserver leur beauté physique pour être acceptées, tandis qu'au niveau mental, elles sont perçues comme plus faibles, le Prophète ayant déclaré : *les femmes manquent de raison.* C'est pour cela qu'au tribunal, selon la charia, la parole d'une seule femme n'a pas de poids, il en faut deux affirmant la même chose pour que leur témoignage soit reçu.

Dans cette langue, certains mots au féminin sont dépréciatifs : par exemple, le mot *Mousiba* désigne une femme qui dit vrai et une catastrophe. *Haiia* est à la fois une femme pleine de vie et un serpent. *Kadiya* signifie femme juge et cataclysme. *Naiba* est une candidate au Parlement et aussi un grand problème. *Hawyia* renvoie à une femme qui pratique un loisir et, en même temps, c'est un des noms de l'enfer.

Le directeur me dit quelque chose que je ne comprends pas, absorbé par mes pensées. Je le prie de répéter.

— Pourquoi tu ne mets pas une annonce sur les murs ?

— Je l'ai déjà fait.

Il prend mes coordonnées pour m'appeler s'il trouve une place pour moi.

À côté du cadre de l'échiquier, une phrase calligraphiée en arabe. Elle signifie *Seigneur, bénis Mahomet et la famille de Mahomet.* C'est le lien sacré entre cette langue et la religion qui considère la parole d'Allah comme un modèle à suivre. C'est une des raisons pour lesquelles la langue arabe n'a pas évolué. Ceux qui ne la pratiquent pas trouvent magnifique une telle calligraphie, sans savoir que c'est une prière. J'ai déjà vu la même affiche dans un collège public de la France laïque, où je rendais visite à mon prof de français.

C'est l'unique métier que je peux exercer, et je veux le pratiquer loin de ce Dieu dont je me suis libéré depuis longtemps.

En sortant de l'institution, le mot utilisé à la fin de chaque partie d'échecs pour annoncer la mort du roi, *Mat*, tourne dans mon esprit. Ce mot passé dans toutes les langues du monde est arabe !

Un film surréaliste

Après des jours d'attente, je reçois un appel d'une dame qui souhaite faire donner des cours d'arabe à son gamin.

On se donne rendez-vous chez elle le lendemain, et je descends pour fêter ça avec toute la ville : j'ai un travail !

Pendant que je marche comme un prince, je trébuche sur une pierre et tombe à plat ventre, mon genou me lance. Difficilement, je me relève. Je ne sens pas mon genou. C'est l'endorphine, l'hormone magique, naturelle, antidouleur. Pourquoi ne se diffuse-t-elle pas quand je pense à la Syrie ?

La douleur revient, mais je continue à marcher. Bobigny, comme ce monde, n'est pas fait pour les gens fragiles.

Je traîne jusqu'au boulevard Paul-Éluard où rien ne ressemble à ce poète : des bâtiments en métal, entourés de grilles. Cette atmosphère évoque le néant. Je cherche le poète dans tous les recoins. Je le trouve dans deux arbres entremêlés, clamant leur amour : l'un d'eux, dressé, regarde le ciel, l'autre se penche vers lui, leurs branches s'étreignent.

Un garçon et trois fillettes se dirigent avec leurs parents vers le métro. Les gamines sont voilées. Ça ne m'étonne plus de voir cette scène à Bobigny, elle s'est répétée plusieurs fois depuis mon arrivée. Même en Syrie cela n'est courant que dans certains villages de fanatiques, où les petites sont obligées de mettre le hijab dès l'âge de cinq ans. La mère est masquée. Une djellaba noire l'enveloppe de la tête aux pieds.

Ça me fait penser au jour où je suis tombé sur des photos de ma grand-mère. Dans sa jeunesse, elle n'était pas voilée, comme la plupart des femmes en Syrie dans les années 1960, 1970, allant même à la plage et revêtant un maillot de bain. C'était avant que les partis islamistes n'influencent la société, n'obligent les femmes à couvrir leurs cheveux pour être de « vraies » musulmanes, et pour montrer leur identité : nous sommes différentes, ni chrétiennes, ni juives, et c'est notre seule fierté.

Devant moi, le centre commercial, énorme ; sans doute, son constructeur n'avait aucun sens de la beauté architecturale. En face, la préfecture. Une place sépare les deux bâtiments. Tout comme cette ville nettement divisée entre la partie où je suis désormais, et l'autre secteur avec ses belles maisons anciennes et ses grosses voitures.

Le tramway s'ébranle dans l'avenue qui borde un beau cimetière. Sa porte, gigantesque, est souvent ouverte. Les tombes de marbre sont belles, les morts vivent bien, ici. Il dessert la mosquée, pas loin du boulevard Lénine. Entre ce dernier et les djellabas, l'histoire de Bobigny transparaît : un passé communiste, attesté par les noms de certaines rues, et un présent islamiste, bien visible.

Le dealer, Saïd, est avec un autre garçon, ils portent les mêmes vêtements. Il me semble qu'ils sont là tous les jours, même le week-end ; pour eux, pas de vacances, ni de repos. Ils sont à la sortie du métro, juste devant le commissariat, écoutent du rap sur leur portable, fument, discutent, et interpellent les voyageurs pour leur vendre leur marchandise.

Si quelqu'un s'approche d'eux, Saïd l'accompagne jusqu'au jardin de l'autre côté de la rue où gît une vieille voiture désossée, une pauvre carcasse parmi d'autres bagnoles neuves, dans un petit parking au milieu des arbres.

Les policiers sortent faire leurs patrouilles, se rendent à Auchan, rapportent des sandwichs, du Coca. Ils le font sans déranger aucunement les dealers.

Cette ville surréaliste vit en paix.

Hésitation

Elle est en bas, comme d'habitude à cette heure-ci. Je la précède, marchant vite, pour qu'elle ne pense pas que je la suis. Au carrefour, avant le jardin, je regarde à gauche, elle est à côté de moi avec sa veste, couleur feu de la circulation, verte.

On passe ensemble, au même moment, le tourniquet, on descend l'escalier vers le métro, et on monte dans le même wagon. On s'installe face à face. Elle tourne la tête vers la fenêtre.

Je n'ai plus envie d'aller chez Eva, l'amie, l'amante, ou la femme que je fréquente de temps à autre à Paris.

Nos yeux se croisent, rapidement elle cherche quelque chose dans son sac, en sort un livre, *Une grande vie* de Christian Bobin. Je ne crois pas qu'elle l'ait acheté à Bobigny, dépourvue de librairie. C'est la première fois que je vois quelqu'un lire dans cette ville.

Sait-elle que c'est moi, son voisin, qui l'ai entraperçue l'autre fois ? Peut-être. De toute façon, c'est le moment de lui parler. Je montre le livre du doigt et dis : « Magnifique. » Elle me regarde, sans manifester aucune surprise, souriante, comme si elle savait ce que j'allais lui dire. Il me semble qu'elle hoche la tête, elle revient tout simplement à son bouquin.

Elle descend. Je me prépare à la suivre, j'hésite, le signal sonore retentit, les portes se referment, j'ai l'impression qu'elles ne se rouvriront jamais.

En cherchant la fête

Je dois faire attention à chaque instant quand je marche si je ne veux pas que, venant en sens contraire, quelqu'un me heurte sans même demander pardon. Un homme, campé devant une boutique, ne me laisse pas d'espace pour passer. Je répète plusieurs fois « Pardon », il s'écarte, énervé. Un garçon met des écouteurs, j'essaie de le dépasser, je n'y parviens pas dans cette rue étroite. Les badauds ne se regardent pas, ne sourient pas : des machines accaparées par leurs portables, stressées, sans raison particulière. Et si l'on est détendu dans cette foule, on se sent bizarre.

À Paris, on est tout le temps entouré par les autres, mais on est très seul. On a de nombreux amis qu'on ne contacte que par SMS, même ceux qui logent dans le même quartier. Il arrive qu'on passe des jours entiers sans rencontrer personne et, si l'on veut rencontrer quelqu'un, il faut s'organiser des semaines à l'avance. C'est ce que j'ai fait pour voir Eva, qui passe deux heures par jour dans les transports pour se rendre à l'école où elle donne des cours de français et en revenir.

Je meurs de faim, j'achète un sandwich de falafels dans le Marais. Je pense à Éluard qui fréquentait ce quartier. Je ne sais pas s'il aimerait aussi les falafels, mais je suis sûr qu'il ne serait pas fan des travaux qui m'interdisent de circuler.

Je suis perdu. En Syrie, il me suffisait d'un chantier, ou d'un parfum resté dans ma mémoire pour savoir où je me trouvais. Cela est possible dans les petites villes, pas dans cette immense agglomération à la géographie inconnue. Heureusement, j'ai un GPS.

Me voilà, comme les autres, scotché à mon portable.

Je prends le métro jusqu'à Pigalle. La première fois que j'ai voulu y aller, je m'attendais, conformément au cliché, à admirer le quartier le plus érotique et artistique de la France, illuminé, joyeux. Dès qu'on balance son nom au Moyen-Orient, des images sensuelles dansent dans la tête. Le Moulin-Rouge est toujours le fantasme des jeunes de là-bas, on peut y séduire des femmes portant des robes de cocktail, des bijoux brillants. Les boîtes de nuit accueillent les amoureux, ceux qui viennent avec des vêtements chics, élégants, pour passer de beaux moments avec les artistes. Les magasins d'accessoires proposent leurs marchandises, les love-hôtels, avec leurs chambres bien décorées, confortables, où tout le monde chante, rit, s'embrasse, abondent dans cette rue immense marquée par l'omniprésence du désir. J'avais aussi un autre cliché : Vian et Prévert y avaient vécu, beaucoup de musiciens, d'écrivains avaient passé leurs nuits à échanger, à s'amuser ; j'ai pensé que j'allais retrouver leurs traces, peut-être un café à leurs noms. Mais dès ma sortie du métro, j'ai vu le restaurant McDonald's, le trottoir était sale, des garçons faisaient de la trottinette sans se soucier des passants très tendus. Des SDF demandaient des pièces à côté d'une boîte de strip-tease, dont le rabatteur insistait pour que j'entre.

— Il y a des filles avec des sacrés culs ce soir, je te fais une offre, 20 euros.

Peut-être ai-je pris l'habitude de voir Paris tel qu'il est présenté dans les films ou les livres : la ville du théâtre. Le Paris des soirées poétiques, de la séduction, de la richesse culturelle, la ville de Hemingway dans *Paris est une fête*.

À Barbès, je croise le tumulte, les mannequins aux costumes criards. J'avance vers la maison d'Eva. Devant elle, une annonce est collée sur le mur d'un commerce de fruits et légumes. On ne voit qu'un acteur qui regarde vers le ciel. En bas, le mot *spectacle*.

Racisme

Le parfum de l'encens est entêtant. Un des produits qu'Eva utilise dans son mode de vie très naturel. Elle préfère ne pas prendre sa douche si elle ne trouve pas de savon de Marseille, ne pas manger si le repas n'est pas cent pour cent bio, ne porter que des vêtements en coton que n'a touchés aucun produit chimique. Il ne reste que les cigarettes qu'elle n'arrive pas à trouver dans la nature. Malgré cela elle n'arrête pas de fumer comme un pompier.

Pendant qu'elle replace un livre tombé de la bibliothèque, elle répète : « J'en ai marre. » C'est un des premiers mots de français que j'ai appris avec putain et fais chier. Je l'entendais tout le temps, proféré par beaucoup de gens à Paris. Se plaindre fait partie de la culture française. Un étranger venu du Moyen-Orient remarque cette façon de réagir. Pour lui, ce penchant pour le malheur n'a pas de sens, simplement parce qu'il a connu une autre vie, celle d'un pays sans Sécurité sociale, sans liberté d'expression, sans démocratie. En effet, pour savoir à quel point on vit bien en France, il suffit de vivre ailleurs.

Je sais qu'Eva en a marre, ce n'est pas nouveau, mais je réponds comme à mon habitude :

— De quoi ?

Elle continue en agitant sa main gauche, ce qu'elle fait quand elle est énervée.

— Ce pays devient de plus en plus raciste. Tiens, par exemple, dans ma classe, il y a une fille égyptienne voilée. Elle me raconte à quel point elle souffre des regards inquiets des autres dans les rues. Quand elle va à la préfecture, elle ne se sent pas la bienvenue. Comme si c'était pas normal de vivre selon son choix.

Des gouttes de pluie tombent sur le balcon. Un bruit doux atteint la pièce bien plus grande que ma chambre. Dans les rayons de la bibliothèque, je vois plein de choses, des DVD, des livres, des assiettes, un album de photos. Tout est mélangé, sans organisation.

Je réponds :

— Tu n'es pas la seule qui trouve qu'il y a des choses pas normales au travail. Moi, je suis allé hier donner mon premier cours d'arabe à un enfant. C'était dans une cité à Bobigny. À l'entrée, il y avait des adolescents en train de se battre, ils utilisaient toutes les insultes que tu peux imaginer. J'ai compris qu'ils avaient un désaccord à propos d'un jeu. Quand ils m'ont vu, le plus âgé m'a demandé ce que je faisais ici. Les autres se sont regroupés autour de moi, je leur ai dit que j'étais un prof d'arabe. Ils m'ont laissé passer. Dans l'immeuble, il y avait une ambiance bizarre, celle de la violence, je la sentais à travers les murs couverts d'humidité, de crasse, et de mots écrits à la main : *Nique la police, On est chez nous.* À la porte, la mère m'accueille et me guide vers le salon, immense : plusieurs banquettes recouvertes de kilims doux et de coussins colorés, un grand chapelet est posé sur une table en verre près d'un vase à côté d'une version luxueuse du Coran à la couverture dorée. La mère, voilée, ordonne à son gamin de rester avec nous pendant la conversation, je comprends pourquoi : le Prophète a interdit qu'un homme et une femme restent seuls dans une pièce fermée s'ils ne sont pas mariés ou de la même famille. Elle me raconte son histoire ; française, informaticienne, convertie à l'islam depuis peu de temps, elle a retrouvé la sérénité : « Avant je souffrais constamment d'angoisses, mais elles ont disparu dès que je me suis mise à prier. » C'est son mari d'origine marocaine qui l'a menée sur ce chemin. Elle n'est pas satisfaite de vivre ici, « la

France est une terre maudite, sans croyance, sans principe ». Elle me parle en tant qu'arabe et musulman, comme elle ! Elle ne pratique pas cette langue, « pour moi c'est trop tard, mais je veux que mon fils l'apprenne pour être un bon musulman », me dit-elle. Le plus choquant, *c'était la télé allumée sur une chaîne islamiste. Un type racontait le miracle du verset coranique : Je place ma confiance en Allah, mon Seigneur et le vôtre. Il n'y a pas d'être vivant qu'Il ne tienne par son toupet.* Il expliquait : « Le toupet est la partie du cerveau responsable de toutes les décisions humaines. Comment le Prophète savait-il ça il y a 1400 ans ? C'est la preuve que le Coran est la parole du seul Dieu. Dans ce livre on ne trouve pas seulement la religion, mais aussi la biologie. »

L'encens s'éteint, Eva le remplace. Je prends une gorgée de vin, et je continue :

— Tu crois que c'est normal qu'un enfant soit éduqué en croyant qu'il va apprendre le savoir dans un livre de religion ? Comment va-t-il grandir avec cette idée en France ? Je lui ai posé une question : « Qu'est-ce que tu veux devenir après le bac ? » Il m'a répondu : « Prof de sciences islamiques en Arabie saoudite. » Je me suis excusé auprès de sa mère et suis parti tout de suite, avant même à commencer le cours.

— On dit avant même de commencer, et pas à commencer.

— Merci pour la correction.

— Je ne suis pas d'accord. Je pense que tu exagères, c'est une femme courageuse, je l'admire. Chacun est libre de faire tout ce qu'il veut chez soi. Il y a des radicaux partout, mais on ne parle que des musulmans. Tu ne connais pas la France de la haine, toi. Tu es encore nouveau ici. Moi, je la connais bien. De plus, quand tu balances ces histoires sur l'islam, tu parles comme le RN, fais attention à ne pas être récupéré par eux.

Nous avons déjà débattu de cela lors de notre première rencontre, quand mon prof de français m'a présenté Eva.

« C'est une collègue charmante, solidaire des réfugiés. » On s'est vus dans un bar, tous les trois. Le prof est parti au bout d'une heure. On a fini la soirée en se disputant tous les deux à propos de religion.

On s'est revus chez elle pour régler ce malentendu : on n'a pas parlé de croyance, mais de vin, et on a passé la nuit ensemble, ce fut aussi le cas les fois suivantes. Ce soir, je ne sais pas comment ça va finir.

Je maudis les dieux

À minuit, des garçons traînent en bas, ivres. Ils entonnent des chansons dont je ne comprends pas les paroles mais j'en perçois la mélodie. Je regrette d'être venu chez Eva. J'aurais dû rester dans ma chambre à surveiller Violette à travers sa fenêtre, réelle, et celle, virtuelle, de Facebook. Je n'aurais pas été seul non plus.

Avant que j'arrive chez Eva, une scène repassait dans ma tête : mes lèvres embrassaient sa nuque. C'est ce qu'elle fait avec moi maintenant. On se déshabille en un rien de temps. Elle me pousse sur le lit, caresse les poils de ma poitrine.

Nous poursuivons notre désaccord, mais avec nos corps : elle serre mes épaules, je serre sa taille. Je mordille son oreille. Elle me donne des claques sur les jambes, on rit. Je lui gratte les fesses, elle me tire les cheveux. J'ai déjà vécu cette scène avec ma bien-aimée en Syrie, au milieu de la guerre :

la nuit était pleine d'explosions, d'échanges de coups de feu. Pour répondre à la peur, on s'embrassait fort, on insultait les militaires, tout en continuant la bataille du désir.

Elle touche une minuscule cicatrice sur ma paume. Enfant, j'ai cassé un miroir qui m'a laissé une marque indélébile. Elle ressemble à un petit sourire. En ce moment j'imagine que ses doigts sont ceux de Violette, que son corps n'est que l'écho de celui de ma voisine.

Elle me met des lunettes, me trouve plus sexy avec. Mais son visage me semble flou, peut-être parce que j'ai bu, ou parce qu'on est en contre-jour. Tout ce que je peux distinguer ce sont ses seins. Je les touche, ces seins, deux lapins qui bougent au rythme de son balancement. Elle entoure mon sexe du sien en répétant : « Oui, ouais, mon Dieu. »

Sa voix devient plus douce.

— Parle-moi.

Je réponds :

— Je te parle.

— Non, en arabe.

— Yelan al aliha.

— Plus fort.

— Yelan al aliha.

Son souffle s'accélère, elle n'est plus là, son corps tremble, tombe sur moi. Sans me retirer, je passe sur elle. Mon envie s'apaise. Elle le remarque, murmure :

— Ça va ?

Je ne dis rien, je l'embrasse sans m'arrêter. Ses bras étreignent ma tête, je suis plongé dans la passion, toujours en pensant à Violette, et je jouis.

Je m'allonge à son côté.

— Ça veut dire quoi ?

— Quoi ?

— Ce mot que tu as prononcé en arabe.

— Ça veut dire : « On fait l'amour ensemble. »

En fait cela signifie : « Je maudis les dieux. » Ma partenaire n'apprécierait pas.

J'ai besoin d'un grand silence à cet instant. Après avoir fait l'amour, je vois le temps plus clairement : l'univers est pur, c'est le moment de méditer. Un petit bruit peut détruire cette chaleur. Mais Eva n'arrête pas de parler :

— Je me sens perdue, il faut que je trouve un nouveau chemin, je ne sais pas lequel. Tu en penses quoi ?

Je fais semblant de dormir, elle répète sa phrase préférée.

— J'en ai marre.

Je voudrais lui dire : « tu n'es pas la seule », mais je ne le fais pas.

Nouvelles

Le ciel a disparu derrière les nuages qui recouvrent la rue entre mon immeuble et celui de ma voisine. Ce temps n'a rien à voir avec celui de ce matin, quand je suis parti de chez Eva encore endormie. Je me suis faufilé dehors, tirant doucement la porte derrière moi. J'ai été obligé de fermer les yeux pour éviter la lumière vive du soleil.

Parfois, en une journée, plusieurs saisons traversent la région parisienne. Ce n'est pas le cas à Damas, où l'hiver est bien séparé du printemps, de l'été, de l'automne.

Allongé sur le dos, j'ai une façon bien à moi de me mettre à l'aise : je place un oreiller sous mes jambes, un autre, plus petit, sous mon coude et l'ordinateur sur le ventre. Je sais que ce n'est pas bien pour les yeux, mais ça me donne le sentiment de voler : l'écran est un ciel.

La fenêtre de Violette est fermée. Je suis les nouvelles de Syrie sur Internet : « Affrontements entre les milices d'Assad et celles des islamistes à Alep. » Je n'appuie pas sur ce titre ; deux criminels se combattent, peu importe le vainqueur, la Syrie continuera à être bombardée. « Erdogan affirme qu'il n'y a pas de solution autre que politique au problème syrien. » En même temps, il y envoie ses soldats ! « L'opposition syrienne accepte de se réunir avec le régime pour négocier. » Je m'en fiche complètement.

Je continue à parcourir les manchettes, je vois : « Une étude : le gingembre réactive le cerveau et la mémoire. » Voilà une info qui mérite d'être lue. « Selon les spécialistes, le gingembre contient des vitamines A, B et C, du magnésium, du fer, du calcium, du zinc, du potassium et du phosphore. » Je me demande pourquoi cette nouvelle n'est pas à la une !

Dans ma petite cuisine, qui occupe un mètre carré de la pièce, je prépare une spécialité syrienne. Je « déshabille » l'aubergine, je préfère ce mot à éplucher. Je la coupe en tranches, et la fais frire dans de l'huile d'olive. Dans une casserole, je mets du poulet, je verse l'eau, puis les épices, la cannelle, les feuilles de laurier, et le poivre noir.

Je coupe un morceau de gingembre, je le mange, il me brûle la gorge, monte jusqu'au cerveau, des larmes tombent sur mon portable.

Le poulet est cuit, je le sors, je fais revenir le riz dans le jus de cuisson. Quand il est à point, je dispose dans une assiette creuse une couche d'aubergine, puis une autre de poulet, puis d'aubergine, puis de riz. Il faut ensuite bien comprimer le tout avec une cuiller puis retourner l'ensemble dans un plat, et c'est prêt.

Nommée makloubé, cette préparation me fait penser à mon pays de naissance, non pas à cause de son goût, mais de sa signification : le renversé.

J'ai deux vies en ce moment : celle de la mémoire, de l'intérieur, du goût de ce plat que je ne peux partager avec personne, et celle du présent en France où j'essaie d'exister.

L'humidité a atteint le plafond de ma chambre. Des traces noires s'installent sur la blancheur du mur. Je ferme la fenêtre, le froid attaque mes os. La soirée sera longue.

Demain j'aurai une journée chargée à la préfecture.

Demain connaîtra plusieurs saisons.

Timbres abîmés

— T'aimes pas les Arabes, salope.

À 9 heures du matin, j'entends cette phrase à côté du PMU. J'aperçois une jeune femme avançant sur le trottoir et un type à casquette face à elle. Je comprends qu'il est en train de la draguer. La femme revient vers lui. Elle lui demande de répéter ce qu'il a dit.

— C'est parce que je suis un Arabe que tu réponds pas, c'est ça ?

Elle le pousse de la main en criant :

— Ma mère est arabe, salopard, et je ne suis pas obligée d'accepter ta drague de merde.

Elle se prépare à lui donner une gifle. Il se met à courir en l'insultant. Fouad sort, un verre vide à la main :

— Qu'est-ce qu'il se passe ?

La femme s'éloigne vers le tramway. Fouad m'invite à entrer, je lui montre mon dossier de changement d'adresse.

— Je termine ça et je reviens.

La foule devant la préfecture est plus importante que l'autre fois. Il y a des gens que je croise à nouveau, sont-ils tombés amoureux de l'administration ?

Un jeune homme dans la vingtaine me propose de prendre son tour pour 10 euros. Je lui demande pourquoi il fait ça. Il me laisse vite et se dirige vers un autre derrière moi pour lui faire la même offre. Je comprends que c'est son travail ; il vient très tôt, se met tout près de l'entrée pour vendre sa place à ceux qui préfèrent payer plutôt qu'attendre pendant des heures.

Un chat se balade. Il s'arrête, surveille la rue. Il est noir avec des zébrures blanches. Il ressemble beaucoup à celui que j'ai connu chez mes grands-parents en Syrie. Un de ses enfants ? Cherche-t-il lui aussi une carte de séjour ?

Cette fois, un autre employé, calme, souriant, la tête inclinée vers moi, m'accueille.

Lentement, il vérifie mes papiers, bâille, me parle de la météo :

— On aura un peu de soleil cet après-midi, mais nous, les gens qui bossent dans les bureaux, ne pouvons pas en profiter.

Il parcourt les feuilles.

— Alooooooors, votre dossier est super, je vous félicite.

Je respire de tout mon cœur, je prépare mes doigts pour la prise des empreintes.

— On a un petit problème.

Son visage, en ce moment, signifie la fin du monde.

— Les timbres sont abîmés, regardez, il y a une trace derrière l'un d'eux, désolé, vous pouvez apporter de nouveaux timbres et prendre un autre rendez-vous, c'est facile.

Je voudrais lui demander si je peux déposer le dossier de nationalité en même temps que celui du changement d'adresse qui prend des mois, mais je me rappelle que j'ai déjà posé cette question. La réponse était : « Renseignez-vous sur le site de la préfecture. » J'ai cherché, il n'y avait rien à ce sujet. Je suis revenu, toujours la même phrase : « Tout est indiqué sur le site. » L'employé est un pape, le site une bible.

Dehors, le chat se cache derrière une voiture garée à côté du centre commercial, je ne vois que son oreille. Je suppose qu'il a achevé ses démarches.

Rêve de palmiers

Fouad poursuit la conversation engagée avant que je n'arrive. C'est son projet : acheter la ferme à côté de sa maison en Tunisie. Il me raconte avec passion :

— Deux hectares ! Je peux faire beaucoup de choses sur une telle surface.

— Elle est pas trop grande pour toi ? dit le vieux.

Il a toujours le même numéro de *L'Humanité*, ouvert à la page des annonces, au beau milieu de laquelle trône une énorme machine à laver.

— Occupe-toi de ta bière, lui répond Fouad.

Il est heureux. Il me montre une photo de la ferme.

— Regarde les palmiers, il y en a beaucoup. Tu sais qu'en Tunisie on fait de l'alcool avec cet arbre ? C'était le loisir de mon père.

— De l'alcool de dattes ?

Il m'apporte mon café allongé.

— Non, non, c'est encore autre chose. On fait un trou dans le tronc du palmier, puis on y met un tube et on recueille un jus sucré. On le mélange avec des dattes, on fait bouillir le tout dans une casserole. On récupère ce qui s'évapore, et on obtient cette boisson. Ça s'appelle l'*allakmi.*

Il regarde au-dehors.

— Mon père en buvait tous les soirs avec ses potes. Ils écoutaient Abd Elhalim[1], évoquaient des souvenirs et parlaient de leurs enfants, jusqu'à l'aube.

Un homme passe devant le PMU, il tient un sac qui frotte contre la vitrine. Je suis le bruit, c'est bien l'imam, il ne me voit pas, ou il fait semblant. Il échange un regard sombre avec Fouad, ce dernier rit en le dévisageant alors qu'il disparaît.

— Voilà ton pote, me dit Fouad.

— C'est pas mon pote !

— Je sais, je rigole. Bref, tu sais, en Tunisie on est nuls, on veut tous aller dans les grandes villes, on a abandonné la nature. C'est pour ça que je veux ouvrir un café dans une partie de la ferme. Je suis sûr que beaucoup de gens viendront, il n'y a pas de café dans ce coin de Sfax.

Le vieux réagit.

1. Un chanteur égyptien du XXe siècle.

— Mais si tu fabriques cette boisson, tu vas les abîmer, tes palmiers.

— Ne t'en fais pas.

Fouad me propose une tasse de chocolat chaud. Je lui fais remarquer que je n'ai rien commandé, mais il insiste :

— C'est cadeau, je sais que t'aimes ça.

Il prend le verre vide du vieux, le remplit, et poursuit son récit.

— À Sfax, je vais aussi préparer à manger, du poisson frais, directement de la mer à la table.

Le vieux glisse :

— Moi j'adore travailler dans les fermes, je peux m'en occuper, et toi, tu restes dans ton café.

— Mon frère peut s'en charger sinon, là-bas ça ne manque pas d'hommes, beaucoup sont au chômage.

— Je ne te demande pas d'argent, ma pension de retraite me suffit. J'ai aussi de l'expérience, ma famille avait un grand jardin dans le Sud, ils avaient des moutons, des oliviers, des cerisiers. C'est moi qui prenais soin de tout ça ; à la fin, ils l'ont vendu.

— Pourquoi tu n'es pas resté dans le Sud ? lui demande Fouad.

— J'ai trouvé un boulot aux PTT à Paris, mais je regrette, j'aurais dû rester.

Je les laisse avec leurs rêves.

Une chambre en exil

Quand j'étais en Syrie, je ne connaissais rien à la Tunisie, ni aux autres pays du Maghreb. Bien qu'on ait l'arabe littéraire en commun, nos traditions, nos cuisines, nos histoires sont différentes. Même leur dialecte, tellement éloigné de celui de la Syrie, est truffé de mots français : je n'y comprenais rien avant d'apprendre cette langue.

On ne se connaît pas, ce n'est pas à cause de la distance, mais des dictateurs qui nous ont séparés.

Autorisation

Les jours se ressemblent.

Je me réveille à 7 h 30, l'heure précise où Violette ouvre le rideau de sa fenêtre pour toucher ses fleurs puis le referme. Je prépare mon café, je scrute l'ombre de ma voisine, je devine qu'elle effectue ses exercices de yoga. Elle descend, comme toujours, à 8 h 30, je suis des yeux ses pieds légers. Ils se déplacent à une vitesse incroyable, comme si la gravité ne les concernait pas ; la leur s'exerçant sur mon regard : je n'arrive pas à les quitter lorsqu'ils disparaissent derrière les arbres. En ce moment, je m'installe devant mon ordi, je cherche un travail, puis je reviens vers ma fenêtre. Rien ne bouge, rien ne change de ce vide emplissant la rue, à part quelques passants et des bruits d'oiseaux. Je vais chez Fouad, je bois des verres, et je rentre. J'ai l'impression d'être un programme informatique.

Un logiciel figé, sans mise à jour. Mais hier, j'ai osé suivre Violette, c'était en fin d'après-midi. Elle est sortie de chez elle, pressée, j'ai pensé qu'elle avait un souci. Arrivant devant une boutique de vêtements à côté du métro, elle est entrée, j'ai fait pareil. Elle a choisi un châle, lisse, en satin, vert sombre. Le vendeur lui a dit qu'il coûtait 30 euros, elle lui a donné deux billets de 20 sans attendre la monnaie, et elle est rentrée rapidement.

Devant la salle, je vérifie l'adresse. C'est bien ici qu'elle a pris sa photo. Je reste dans l'entrée, la salle vaste, basse de plafond, est pleine. Certains n'ont pas trouvé de chaise, ils sont debout, silencieux, suivent chaque mot balancé par l'imam installé derrière un micro :

— Vous croyez que nous sommes contre les droits des femmes ? C'est faux. Lisez l'histoire du Prophète. Une fois, il dormait chez Maimouna, une de ses épouses, et il est sorti en pleine nuit. Elle a senti son absence et a fermé la porte à clé de l'intérieur. Quelques instants plus tard il est revenu, a frappé : « Je t'en prie Maimouna, ouvre-moi. » Elle a répondu : « Retourne chez qui tu es allé. »

Mon portable sonne, des visiteurs me regardent, l'air furieux. C'est un texto d'Eva : *Avec des potes, on va faire une grosse soirée, l'occasion est : sans occasion.*

Je détaille le public. Au premier rang, devant la tribune, je remarque des joues ressemblant beaucoup à celles de Violette, je me déplace pour distinguer le visage, oui, c'est Violette. Elle est en train de prendre des notes dans son cahier. De temps à autre, elle écarte les mèches tombées sur son visage.

Je pensais à quelque chose il y a peu. J'ignore ce que c'est. Il s'agit d'un lointain souvenir.

L'imam continue :

— Le Prophète allait chaque nuit chez une de ses femmes. Cette nuit-là était pour Maimouna. Il n'a pas arrêté de la supplier : « Je n'étais chez personne, je suis sorti pour uriner. »

Il avance vers le public.

— Vous voyez ? Le messager avait gardé sa simplicité. Allah dit dans le Coran : *Les hommes ont autorité sur les femmes, en raison des faveurs qu'Allah accorde à ceux-là sur celles-ci, et aussi à cause des dépenses qu'ils font de leurs biens.* Autorité ici ne veut pas dire que les hommes ont le droit de décider à la place des femmes. Mais c'est à eux de les protéger, c'est leur rôle. Celui des femmes est de prendre soin de leurs maris. Chacun a son importance. Le grand imam égyptien Hassan el-Banna a éclairé cette idée ; il a dit : *L'islam a mis des règles pour organiser la famille, si l'homme et la femme suivent ces règles, la famille sera idéale.*

Il se rassied.

— Ce soir, toi, l'homme, quand tu rentreras chez toi, n'oublie pas que le Prophète était très affectueux avec les femmes, choisissait ses mots quand il leur parlait, blaguait avec elles. Sache que chaque geste de bien envers ta sœur, ta mère, ta fille, est un point positif pour Allah. Mais quand tu es insupportable, n'attends pas que Dieu soit content de toi. Le Prophète dit : *Le meilleur d'entre vous est celui qui est le meilleur avec sa famille.*

Dès qu'il termine, l'assistance se dirige vers une table garnie de fruits, de pain, de jus, de baklavas et de viande séchée halal. Maintenant je me souviens à quoi je pensais tout à l'heure, c'était aux baklavas. Cela m'a rappelé mon père, quand il m'amenait à la mosquée pour fêter la naissance de Mahomet. Pour nous, les enfants, le plus important c'était ce dessert, on attendait, impatients, la fin du discours de l'imam pour le dévorer.

*

* *

Toute la ville y allait. Mahomet, la pleine lune qui a éclairé l'univers, comme disaient les grands, était le sujet principal des discussions. L'imam racontait les prodiges qui ont lieu au moment de son arrivée sur terre : il était déjà circoncis, son cordon ombilical était coupé, et une grande lumière a brillé au-dessus de la péninsule arabique. Ensuite, il parlait de son physique ; il était blanc, un peu rose, ni grand ni petit, une barbe, des cheveux longs, ni bouclés ni lisses, des yeux grands et noirs, des sourcils fins, comme son nez. Il n'était pas gros, pas maigre, bien musclé, très fort, avait un corps solide. J'imaginais le Prophète comme un personnage de dessin animé, est-ce qu'il ressemblait à Zorro ? Mais j'arrêtais tout de suite ces pensées diaboliques. Mon père était ému, passionné par le prêche. Surtout quand l'imam en arrivait à la virilité de Mahomet : il avait la capacité de trente hommes, il pouvait faire la tournée de ses neuf femmes en un jour et une nuit. Papa levait la tête qu'il baissait depuis le début du discours, peut-être admirait-il cette force incroyable ?

Hassan el-Banna

L'imam est entouré par ses compagnons. Il boit du thé dans un gobelet. Pour quelle raison a-t-il parlé de Hassan el-Banna ? Ce type est le fondateur du mouvement des Frères musulmans en Égypte, dans les années 1920. Depuis, il inspire les islamistes du monde entier. Mais il n'a jamais été connu comme défenseur des droits des femmes.

Violette est devant le buffet, une assiette vide à la main. Je m'avance vers elle, prends un verre et fais comme si je cherchais le jus d'orange. Elle m'indique l'autre bout de la table. Je la regarde, mon visage fait semblant de se demander où l'on s'est déjà vus.

— Je pense que je vous ai croisée dans le métro, vous lisiez un livre.

Avec son ensemble noir, elle a l'air différente, plus sérieuse, mais son côté fou, son côté qui se fout du monde entier est là, dans ses yeux. Elle parle lentement, m'explique qu'elle lit presque tous les jours dans les transports.

Une décharge électrique affole mon cœur. Je n'arrive pas à respirer. Des gouttes de transpiration coulent sur mon front. J'ai l'impression que tout le monde me surveille.

Je lui dis que je suis venu dans la salle pour apprécier l'ambiance.

— Et vous ?

— Je fais partie de l'équipe de communication de la mairie.

— Je voudrais déposer une demande de HLM, je peux avoir votre numéro ?

C'est le moment le plus important, soit elle me le donne, soit tout est mort.

— Vous pouvez noter, me dit-elle.

Et elle dit son prénom, Violette, en insistant sur le V.

Son collègue l'appelle. Elle s'éloigne rapidement. Peut-être sont-ils ensemble, non, je ne peux pas accepter l'idée.

L'imam et ses compagnons viennent vers moi, il cherche une poubelle pour y jeter son gobelet vide. Saber le prend et se dirige vers une corbeille.

Je sors pour éviter de leur parler. Un jeune homme quitte la salle. Je le reconnais facilement grâce à sa petite moustache et à sa banane, c'est

Saïd. Il est en pleine forme. Il voit que je suis étonné de sa présence.

— Avant je venais pour le sport, mais maintenant c'est pour Dieu. Je connais l'imam depuis des années, il est cool. Je vais aussi à la mosquée pour l'écouter lors de la prière du vendredi. Il prend soin de moi, quand j'ai un souci, c'est lui qui m'aide.

Il met un grand morceau de chocolat dans sa bouche et continue : « Ne pense pas que je ne sois pas croyant parce que je vends du haschisch. Je sais que c'est haram, mais Allah pardonne, je serai même peut-être avant toi, l'intellectuel, au paradis. Je n'ai pas de chance dans cette vie de merde, je souhaite la voir de là-haut. »

Il désigne le ciel. Quand l'imam sort, le dealer embrasse sa main et s'en va.

— Tu as aimé la conférence ? me demande le barbu.

Je lui réponds :

— Je suis arrivé en retard, je n'ai entendu que la fin.

— Tu me fais penser à mon séjour à Damas, j'y ai passé des beaux jours, c'est une belle ville.

— Est-ce que tu y parlais aussi de Hassan el-Banna ? Je te pose cette question car le mouvement des Frères musulmans est interdit en Syrie.

— Je n'en parlais pas, bien sûr. Tu crois que je suis assez bête pour finir en prison ?

— Mais pourquoi as-tu cité une phrase de lui ? El-Banna n'est pas connu comme tribun de l'égalité.

J'entends le bruit des enfants jouant au football dans le jardin. Saber sort, rejoint l'imam qui réagit.

— Ce soir, des dizaines de jeunes vont chercher sur Internet à savoir qui était el-Banna. Ils trouveront ce que je voulais vraiment dire.

— Et c'est ?

— Si tu veux en savoir plus, viens un jour à la pizzéria.

Ils s'éloignent. Violette part avec son collègue. Elle ne me remarque pas. Sa voix s'impose dans ma tête, fine, douce, comme une musique venue de loin.

Victoire

Je caresse le bois d'un des bancs du jardin. Il partage mon refuge, ma migration. J'imagine une rivière épousant une racine. Ils ont fait un chêne, ce dernier a donné ce banc, seul, comme moi, à Bobigny.

Sans travail, sans famille ni amour, dans cette cité, vaste, étouffante, où chaque fois que j'avance des barrières se dressent en travers de ma route.

En Syrie, dans chaque village, dans chaque petite ville, on retrouve toujours trois personnages : le policier, l'imam et l'idiot.

Le policier, grâce à son pouvoir, n'a peur de personne, sauf de l'imam, qui a un autre genre de pouvoir : le soutien de la société. Un mot de lui peut déclencher une révolution contre l'État. En revanche, l'imam n'a pas la légitimité de l'État sans le soutien du policier. Ce qui nourrit une complicité entre les deux : le policier a besoin du soutien de la société, l'imam a besoin de l'État. L'idiot, lui, représente le côté rebelle des pauvres, il exprime ce qu'ils n'ont pas le courage de dire ouvertement du gouvernement. Il a le droit de critiquer tout le monde, même l'imam et le policier. Personne ne l'accuse : il est fou, tout simplement.

Voici trois autres pouvoirs qui n'ont rien à voir avec la trilogie : législatif, exécutif et judiciaire. Ces derniers représentent la République, tandis que les autres appartiennent à un peuple manipulé par la religion et la dictature. À Damas, il est très important que le chef de l'État, qui est aussi le chef de la police, aille à la prière de l'Aïd, pendant la longue matinée qui suit le ramadan. Il est entouré par des dizaines de caméras, il serre longtemps la main de l'imam. Ils marchent côte à côte, ce dernier demande à Dieu de protéger notre président, qui à son tour nous protège. Mais devant la mosquée, des inconscients se baladent, se fichant complètement de ce discours, ils peuvent même insulter les gardes du corps. Des croyants ne parviennent pas à retenir leurs rires. Le président salue la foule avant de monter dans sa grande voiture.

Ce qui s'est passé dans la salle et les propos de l'imam de Bobigny dans la pizzéria m'ont fait penser à cette scène. Quand les politiciens de la mairie vont à la pêche aux voix des musulmans, et que l'imam recherche l'aide des politiciens, ce n'est pas une dictature, mais une démocratie qui va mal. Je me demande qui est l'idiot de cette ville, ça pourrait être le vieux chez Fouad, sauf qu'il est toujours saoul.

C'est une autre France, où Hassan el-Banna remplace André Malraux, où un islamologue peut être considéré comme quelqu'un de plus modéré qu'un philosophe et où le burkini fait plus parler que l'art. Le racisme et la religion prennent la place de la Renaissance ; cette France inattendue étonne au plus haut point quelqu'un comme moi désireux de découvrir le pays de Paul Éluard. Où la culture, les librairies, la poésie sont au service de la vie quotidienne.

Je devrais être malheureux, mais ce n'est pas le cas : si je tombe dans le désespoir, le bourreau sera content, il ne faut pas lui donner cette chance.

Je jette ma cigarette, il faut que j'arrête. Je n'ai pas sauvé ma peau de la guerre pour que le tabac m'emporte !

Une dame se promène avec une petite fille, je lui souris, elle se cache dans la robe de sa mère, puis me regarde à la dérobée. Elle s'agrippe à l'étoffe qu'elle agite :

— Pourquoi le monsieur est assis seul là-bas ? Où est sa maman ?

— C'est pas notre affaire.

Elle court après une colombe, revient vers sa mère qui commence à lui faire des tresses. Elle rit de tout son cœur quand la femme touche sa nuque.

— Tu me chatouilles.

Cette beauté miraculeuse vit sur la même planète que moi, qui a dit que j'étais seul ! De plus, j'ai un nouveau cadeau, le numéro de Violette.

Je me lève, d'un seul coup, pour danser à nouveau sur la misère.

Parole

Eva a replié son clic-clac pour faire de la place. C'est ici qu'on a fait l'amour il y a quelques semaines. J'essaie de me souvenir d'un de ces instants de désir, mais je n'y arrive pas. Sur la bibliothèque, des petites lampes de toutes les couleurs égaient l'atmosphère. Un garçon maigre enlève son pull, le jette sur une chaise et reste en chemise. Il prend une bière sur une table où des assiettes de houmous, de tomates, de fromages sont déposées. Il se met à danser n'importe comment, ivre, au centre de la pièce. Dès qu'il me voit, il s'arrête et me demande d'où je viens.

— De Paris.

— T'y es né ?

— Oui.

— Mais t'as un accent.

— J'habite à Bobigny.

— Mais t'as un accent.

— D'accord, je suis d'origine syrienne.

Il écarquille les yeux comme s'il avait dessoûlé.

— T'as fui la guerre ?

— Oui.

— Comment ?

— De Syrie en Jordanie et de là vers Paris.

— Ta famille est là-bas ?

— Oui.

— Pourquoi tu as choisi la France ?

— Parce que j'aime les croissants, excuse-moi, je vais rejoindre les autres.

Il m'oublie vite et revient vers Eva qui court partout, ne reste pas plus de deux minutes avec chacun. Quand je suis arrivé elle m'a salué et m'a laissé avec ses hôtes. Elle est bien élégante avec sa jupe, sa blouse rouge et ses bracelets dorés. L'odeur de l'encens mélangé à celui de l'alcool est entêtante.

Une fille s'assied par terre : cheveux bleus bien coupés, anneau dans le nez, tatouage de tête de tigre sur l'épaule. Elle porte un ordinateur qui diffuse la musique de IAM, très connue des jeunes Français de ma génération comme d'autres groupes des années 1990. Pour moi, c'est nouveau : « Il y a des choses indélébiles qui mutilent. Difficiles, épousent ma peau comme un textile. »

Le studio donne sur la cuisine où une jeune femme, dans la trentaine, grande, portant un collier d'argent et plusieurs bagues, fume un joint accompagnée d'un type du même âge, barbu, visage rond. J'entends la phrase : « Ça ne sert à rien », répétée plusieurs fois. Je me rapproche d'eux pour en savoir plus. Ils parlent des élections présidentielles.

— En 2017, j'ai voté Mélenchon. Il était convaincant, je l'aurais soutenu s'il avait été présent au deuxième tour. Mais depuis que j'ai découvert ses sympathies pour des régimes dictatoriaux, Russie, Venezuela, je ne l'apprécie plus, dit la femme.

L'autre reprend.

— Moi c'est Hamon qui m'avait séduit au début, surtout son programme, son discours sur l'égalité. Il me semblait qu'il était le plus raisonnable. Mais au deuxième tour, j'ai voté blanc. Aujourd'hui, je me fiche complètement de qui va gagner en 2022, ils sont tous pareils, quel que soit l'élu rien ne bougera. On se lèvera comme d'habitude tous les matins, afin de bosser pour les capitalistes. Il faut changer la Ve République, le système, la Constitution. Le chef de l'État doit avoir moins de pouvoir au profit du Parlement et de la justice, comme ça on aura plus de démocratie et moins de voleurs.

— Tu n'as pas tort. Ils disent tous qu'ils veulent nous sauver. Les écolos du changement climatique, la droite de l'immigration, l'extrême gauche de l'extrême droite, les socialistes de... C'est vrai, les socialistes veulent nous sauver de quoi ?

— Ils doivent se sauver d'eux-mêmes d'abord.

— Haha, et ils sont comme les autres, forts dans un seul domaine, la parole, parole, parole. Il faut diffuser cette chanson pour les prochaines élections.

Ils trinquent en répétant les mots de Dalida.

Si seulement ils savaient comment on vote en Syrie ! Les électeurs arrivent dans les bureaux, les employés leur remettent une feuille portant un Oui et un Non. Certains, pour prouver leur amour du Père Leader, comme il faut l'appeler, et effacer tout soupçon d'appartenance à l'opposition, se font une petite blessure au doigt, votant ainsi avec leur sang. De toutes les façons, tout le monde sait que ces bulletins finiront dans la poubelle le soir même, sans avoir été comptabilisés : le résultat a été décidé par le chef de l'État lui-même. Pendant trente ans, l'ancien dictateur Hafez el-Assad l'a emporté avec des scores d'au moins 95 %, jusqu'à l'année 1999 où il a été élu par 100 % du corps électoral. En 2000, à sa mort, la Constitution précisait que le Président devait avoir au moins 40 ans. Son fils Bachar étant trop jeune, le Parlement, sous la menace de la police, a changé la loi en sa faveur en cinq minutes, et fixé l'éligibilité à 34 ans, l'âge qu'avait alors Bachar.

Une fois ce point réglé, un tsunami de louanges a submergé les médias. Cet ophtalmologiste au regard miraculeux allait changer l'avenir du pays. Les services de renseignements diffusaient jour et nuit ses paroles et des chansons à sa gloire. On les entendait dans les transports en commun, à la radio, ainsi que sur les grandes chaînes de télévision installées dans les lieux publics. Et comme son papa, il a triomphé avec 99 %.

Dans le salon, l'ambiance n'a pas changé. Je souris à la fille aux cheveux bleus, mais elle se détourne, met une nouvelle musique. C'est Barbara qui chante : « Je t'avais suivie pas à pas, je sais que tes amours sont mortes. Je suis revenue, me voilà. Ils t'ont récité leurs poèmes. » La fille s'allonge sur le clic-clac et installe sa tête sur les genoux d'une autre fille, souriante, au menton fin. Elle passe sa main aux ongles vernis noirs sur l'épaule de la première, comme si elle dessinait à nouveau le tatouage du tigre. Le garçon ivre ne danse plus : épuisé, il s'est assis sur une chaise.

Je sors sur le balcon. Sans raison claire, la mélancolie m'accompagne. Je sens que Violette est là, quelque part. Je ne peux empêcher ma mémoire de me faire revivre les instants où je l'ai entraperçue. Son regard m'apporte la satisfaction du soldat de retour à la maison. Ses yeux ressemblent beaucoup à ceux de Barbara : même couleur, même maquillage.

Ça fait 24 heures que je dispose de ses coordonnées, le temps conseillé par les spécialistes pour envoyer un texto après la première rencontre, c'est 72 heures, mais je m'en fous. Le plus difficile est de résoudre la question : comment lui adresser un message auquel elle répondra ? Je maîtrisais la drague en Syrie : j'évoquais la beauté mentale ou physique de la femme, si sa réaction était positive, je l'invitais à prendre un café, sinon je m'en allais, avec ma tristesse. Il était aussi courant que le garçon écrive sur un petit bout de papier son prénom, son numéro de portable, et une phrase poétique, ou drôle, comme : « Je ne souhaite pas que tu me pardonnes, ma faute c'est que je suis un peu fou de toi. » Il s'agissait ensuite de marcher à côté de la femme, de jeter discrètement la feuille, de la ramasser, de se tourner vers elle, de la lui tendre : « Je pense que c'est à vous. »

Mais ici, j'ignore l'art de la séduction. La première Française que j'ai rencontrée étudiait l'arabe à l'Inalco. Nous avons sympathisé, elle était charmante, solide, on s'est vus plusieurs fois. Nous avons continué jusqu'au jour où elle m'a proposé du feu pour allumer une cigarette. Je lui ai dit que ses doigts avaient ensorcelé le tabac ; je savais que c'était nul comme drague, mais je n'avais pas d'autre moyen d'exprimer mes émotions. Elle s'est mise à rire ; je l'ai invitée à prendre un verre. Nous avons parlé des dictons. Elle m'a appris celui-ci : Femme qui rit, à moitié dans ton lit. Je n'ai cessé de louer la beauté de son rire toute la soirée. Plus tard, elle m'a confié qu'elle était amoureuse de mon accent, elle prétendait même qu'elle trouvait sexy le fait de prononcer les P comme des B, ce phonème n'existant pas en arabe.

Je ne sais pas si Violette va aussi aimer que je ne prononce pas bien la langue d'Éluard, je lui écris simplement : *Ce matin je suis passé devant la salle, j'ai pensé à toi, si tu as le temps de poursuivre notre conversation, nous pouvons nous retrouver...* Chez Fouad ? Je ne fréquente que ce PMU à Bobigny, où seuls des hommes jouent au loto. Mais au moins je connais le barman, alors je continue : *... dans un très beau bar, pas loin de la salle, ils proposent d'excellents vins, de sacrés cocktails, si tu aimes ça.* Et j'envoie le message.

L'air est pur, frais. Je boutonne mon manteau. Mon état d'esprit a changé, la mélancolie est partie. Au loin, parmi les bâtiments, j'aperçois la coupole du Panthéon, énorme, blanche. C'est la disparition qui est ensevelie là-dessous, et pas des êtres humains. Eux, ils sont calligraphiés dans le temps.

Pied-noir

Sur un des balcons, au début de la rue, je remarque trois personnes devant une pièce éclairée. Difficile de savoir si ce sont des femmes ou des hommes. Elles ne bougent pas, comme des statues, chacune regarde dans une direction différente. Eva sort pour fumer.

— Je suis épuisée, je ne fais plus de soirée chez moi.

Je ne la crois pas, faire la fête est une véritable obsession chez elle.

Le bruit des invités est moins fort. Je lui dis :

— Regarde le Panthéon, il est fascinant, combien de personnes y sont enterrées ?

— J'en ai rien à foutre, ce n'est qu'un cimetière, un symbole de cette république pourrie. Ce qui m'intéresse, ce sont les vivants.

Ça ne fait pas longtemps que je connais le sens de cette expression : « J'en ai rien à foutre. » J'étais avec Eva : elle figurait sur une publicité pour un film place du Châtelet et elle l'a utilisée. Je lui ai demandé ce que cela voulait dire. Elle a répondu :

— Ça veut dire je m'en fous.

— Et je m'en fous, ça veut dire quoi ?

— Ça m'intéresse pas.

Pour moi, les trois formulations étaient identiques et je les utilisais indifféremment. Je plaçais ainsi je n'en ai rien à foutre quel que soit le contexte et avec tout le monde. Une fois, un coiffeur m'a proposé une coupe à la mode, je lui ai répondu : « Merci mais j'en ai rien à foutre. » Un agent de Free Télécom m'a appelé pour une nouvelle offre : « C'est gentil mais j'en ai rien à foutre. » Je me demandais pourquoi la voix de mes interlocuteurs changeait après cette expression ! Elle perdait sa sérénité. Lorsqu'un jour je l'ai utilisée avec mon prof de français, il m'a expliqué ce qui différenciait son emploi de celui de « Je ne suis pas intéressé ». Je fus à ce moment-là envahi par la gêne.

Le garçon ivre nous rejoint.

— J'y vais Eva, ma belle, ma princesse, je t'aime à fond, plus que ma mère, plus que ce verre.

Il la prend dans ses bras.

Elle se libère, il m'explique : « On était dans le même lycée, je l'ai aimée car elle était sérieuse, obstinée, ça m'excitait. »

— Non, dis la vérité, c'était juste parce que je ressemblais à Ségolène Royal.

Il hoche la tête, s'empare de la bière d'Eva et boit une gorgée : « C'est pas faux, j'étais fou d'elle. Mes parents la soutenaient, ils pensaient qu'elle allait réveiller la gauche française. Cet enthousiasme s'est envolé après sa défaite. Mais moi, j'ai continué à t'aimer tandis que toi, tu t'intéressais à un autre. Tu te souviens ? »

Eva touche ses bracelets, prend une taffe : « Oui, il avait le visage de Rachid Taha, les posters du fameux chanteur étaient partout dans la maison à côté de photos de paysages algériens. Ma famille l'écoutait tous les soirs. Mais ce n'est pas uniquement à cause de ça que je me suis attachée à lui. Ce garçon était calme, timide, n'avait pas d'amis, tout en étant très gai. Quand il commentait le discours d'un prof, tout le monde rigolait. Il était aussi intelligent, c'est lui qui obtenait toujours les meilleures notes. Une fois, pendant la pause, je lui ai donné un DVD de Taha. Je l'ai regardé chaleureusement, il n'a pas compris. Je passais des nuits à pleurer, je lisais des poèmes d'amour de Victor Hugo. Jusqu'au jour où je l'ai vu en train d'embrasser un mec. »

Ils éclatent de rire. Bien éméché, il tient l'épaule d'Eva : « Et plus tard, toi et moi, on s'est éloignés, j'ai fait commerce, et toi lettres, mais tu as encore une place dans mon cœur, personne ne peut te remplacer. »

Elle me donne sa cigarette, prend son bras : « Maintenant tu vas aller dormir mon cher. » Elle l'accompagne jusqu'à la porte, et revient.

— Je ne t'avais pas dit, je suis immigrée d'origine, mon grand-père était pied-noir. Il est né à Alger d'une mère française et d'un père algérien. Il n'a pas fait d'études, la pauvreté l'a poussé à servir dans l'armée française. C'était à la fin des années 1950. Puis il est tombé amoureux d'une femme dont le père était au FLN, Front de libération nationale : hors de question que sa fille soit avec un soldat français. Mon grand-père a démissionné. Il se sont mariés. C'était un mariage de paix, comme tout le monde disait. Des centaines de personnes l'ont célébré autour de plats français et maghrébins. Pendant la fête, ils ont oublié la guerre, même ses anciens camarades militaires étaient venus. Ils ont dansé avec des membres du FLN, tu imagines ! Ce fut une nuit historique, ils ont trinqué, se sont moqués de tout. Des responsables de factions en guerre se sont retrouvés à festoyer, à rigoler ensemble. Il y a eu peu d'autres cas de fraternisation. Mais quelque temps plus tard, au moment de l'indépendance de 1962, tout a changé, la haine envers la France était partout.

Elle lève les sourcils comme si elle fixait une scène

— Comme il n'avait plus de travail, il s'est fait embaucher dans un restaurant ou il a appris à cuisiner. Les clients l'insultaient ; sale Français, dégage ! Il n'arrêtait pas de leur assurer qu'il ne soutenait pas la colonisation, qu'il faisait aussi partie du peuple algérien, mais le soupçon d'être un agent de la France le poursuivait. Ses amis l'évitaient, son beau-père ne lui parlait plus, il a insisté pour qu'ils divorcent. Sa fille, amoureuse de son mari, a refusé : « Même si tu me tuais je ne ferais pas ça. » Elle était forte, courageuse. Un matin, en ouvrant le restaurant, mon grand-père a découvert une inscription sur la porte : *Rentre chez toi,* à côté du dessin d'un couteau. À ce moment, il a décidé de s'en aller. Ils sont partis tous les deux à Marseille avec leur fils, mon père.

Elle pose son verre sur le rebord, le laisse, puis le reprend rapidement avant qu'il ne tombe

— La souffrance ne l'a jamais quitté. En France, les nationalistes le considéraient comme un lâche, car il avait fui l'Algérie, l'extrême gauche comme un raciste parce qu'il avait été dans l'armée. Il était seul, déprimé. Mais il a trouvé son équilibre grâce à la cuisine : son couscous était le meilleur de toute la ville. Avec le temps, ce plat est devenu sa propre identité : quand quelqu'un lui demandait de raconter son passé, il changeait de sujet, et évoquait semoule, viande rouge et pois chiche.

Dans le salon, le lecteur de CD ne fonctionne plus. Une étoile brille au loin, je la regarde en écoutant Eva, seule sa voix retentit dans cette longue nuit.

— C'est ma grand-mère qui m'a parlé de tout ça il y a quelques années après la mort de son époux. Tu sais quoi, c'est aussi de l'esclavage, mais moderne, quand on utilise les gens pour faire la guerre et puis qu'on les jette, c'est l'histoire française honteuse. Je ne suis pas fière d'être d'ici.

Comment lui expliquer que j'ai un point commun avec son grand-père ? Si, un jour, je rentre en Syrie, ma propre famille ne sera pas satisfaite à cause de mon athéisme. Pour eux, sans religion, pas de morale : un apostat est un pervers, alcoolique, voleur. En France où j'ai fui cet enfer, j'ai découvert petit à petit que je n'étais pas le bienvenu dans la plupart des communautés arabes, renfermées sur elles-mêmes, centrées sur l'islam. Pas le bienvenu non plus parmi la gauche française complice des islamistes, celle que je nomme la gauche halal : ils n'ont pas envie de voir ce qui se passe dans ce pays où la radicalisation va bon train. N'appréciant pas qu'un « migrant » comme moi aborde cette question, ils m'accusent d'être récupéré par l'extrême droite. Cet aveuglement, ce déni du réel vient de ce que ces gens ne regardent le monde que d'un œil ou se complaisent dans le passé. C'est le cas d'Eva, qui réduit l'histoire à la seule colonisation française. Un autre récit s'impose à moi : les non-musulmans ont toujours été obligés de s'acquitter d'un impôt à l'État islamique s'ils n'acceptaient pas de se convertir. Et jusqu'à aujourd'hui, du Maroc à l'Irak, les Berbères, les Kurdes, les Amazighs sont dominés par la majorité arabe. Parfois ils n'ont même pas le droit de pratiquer leur langue. Le moins que l'on puisse dire, c'est que la culpabilité est partagée. Si la tolérance pouvait l'être autant !

Voilà comment je vis mon présent dans la France actuelle, entre traître et récupéré, entre migrant et raciste. Mais ces gens ont oublié un qualificatif : libre. Si jamais, à l'avenir, j'avais des enfants, voire des petits-enfants, j'imagine qu'ils parleraient de moi comme Eva le fait de son grand-père. Ils diraient à leurs camarades : « Nous sommes immigrés d'origine… »

Les trois personnes ne bougent toujours pas. J'en suis persuadé, ce sont des statues.

Je ne raconte rien

La fille aux cheveux bleus appelle Eva pour qu'elle vienne jouer aux cartes avec eux. Elle refuse, le regard dans le vide.

Je ne veux pas quitter cette soirée mais, si je reste, je discuterai avec qui et de quoi ?

Ces invités ne savent rien des ruines logées dans ma mémoire, des bombardements, des nuits de peur, où l'on était obligé de dormir dans les couloirs pour éviter les balles qui fusaient ; des matins de fuite, quand on courait sans but pour échapper à une voiture de police qui nous avait repérés. Je ne peux pas leur raconter que cette main qui tient une bière, elle a tenu des jeunes hommes juste avant qu'ils meurent. C'était dans les quartiers les plus abandonnés du monde, assiégés par les milices du régime d'Assad, où l'on vivait sans hôpital, sans médicaments, avec beaucoup de morts, et très peu d'humanité.

Non, je ne vais pas le raconter, ni à eux, ni à personne. Aucune évocation ne compensera jamais la perte.

Mais moi non plus, je ne connais pas leur enfance, leurs études, leur passé partagé. Suis-je en état de comprendre leurs vies normales de gens normaux ?

Je suis comme eux, on parle la même langue, on respire le même air, et je suis prêt à lutter pour l'avenir de ce pays. Rien ne me sépare de ces citoyens nés en France, à part une épine dans le cœur, qui s'appelle : réfugié.

Eva reste silencieuse, moi aussi. Avant de partir je lui dis, avec un clin d'œil : « Vive la République ! » Habituellement, elle me répond : « Inch'Allah », mais cette fois elle ne réagit pas.

*

* *

En 2011, au début de la guerre en Syrie, dans la vieille ville de Homs, je partageais un appartement avec d'autres militants. Pendant des mois, Sharif, l'un des nôtres, a gardé le quartier la nuit, dormant le jour. Il avait 20 ans. Chaque fois que je sortais, ses yeux brillaient derrière la porte. Semblables à ceux d'un aigle au-delà de l'orage, il se déplaçait lampe torche en main.

Un soir, des dizaines de personnes entrent dans une pièce du rez-de-chaussée, la lumière est d'un blanc aveuglant. Sharif est allongé sur un lit. Son corps ne présente pas de trace de blessure. Sa mère tapote sa joue et l'implore de revenir auprès d'elle. J'inspecte sa dépouille : il a un petit trou sur la poitrine. Un trou noir qui pourrait avaler la galaxie. Je me dis : « Ne peut-on pas reboucher cet orifice ? Avec un morceau de coton, par exemple, afin qu'il revienne à la vie ? » Un des snipers du *check-point* tenu par la milice d'Assad l'avait atteint.

Le froid est intense, je reste figé devant le cadavre. J'entends son frère frapper de ses poings le rideau de fer du magasin voisin. Un autre, effondré, appuie sa tête contre un placard. J'avais vu Sharif deux jours auparavant. Tout comme maintenant, il fermait les paupières pour se reposer quelques instants avant d'aller monter la garde. Ses frères rigolaient, l'interpellaient, et le traitaient de paresseux. Maintenant, ils font la même chose, ils répètent son prénom, mais en hurlant.

On enroule le mort dans un drap en attendant le lendemain pour l'enterrer. La pièce est juste à côté de celle où je dormais. Toute la nuit j'ai pensé à ce garçon, plein d'énergie, plein de courage. Son corps est là, à deux mètres de moi, mais lui, où est-il ?

Une chambre en exil

En France, après toutes ces années, il m'arrive encore de penser que Sharif se repose dans la chambre à côté comme il le faisait là-bas. Autour de lui, tous ces visages illuminés par le temps assassiné. Des visages qui se réveillent et brisent les murs puis entrent lentement et m'invitent à passer la soirée en leur compagnie.

Qui a dit qu'on échappait à la guerre simplement en s'éloignant du champ de bataille ?

Un risque excitant

Épuisé par l'alcool et la longue discussion avec Eva, mais le cœur en forme, je parviens à voir Violette depuis mon lit, une partie de son rideau est tiré. Elle traverse la pièce rapidement, vêtue d'une serviette de bain. Je ne vois que son épaule, la moitié d'une chaise en paille et son coude plié. Je devine qu'elle est devant un miroir.

Il faut que j'arrête de la regarder. Quel voisin indélicat je suis ! Je tourne la tête vers ma bibliothèque où une bouteille de côtes-du-rhône attend depuis des semaines que quelqu'un me rende visite. Je n'arrive pas à boire seul, si je le fais, j'ai l'impression de me masturber : boire est un geste social.

Je n'avais pas de partenaire la première fois que j'ai bu. À 18 ans, j'avais acheté de l'arak, le plus répandu des alcools en Syrie. C'était interdit dans ma famille. Je craignais que quelqu'un ne découvre mon secret. Je me suis caché dans ma chambre, angoissé à l'idée de m'enivrer, de mourir, ou d'avoir un problème de santé. Cette boisson m'était encore inconnue. Mais le risque m'avait encore plus excité.

Le goût était tellement amer, mais si bon ! L'arak, fabriqué à partir de jus de raisin et d'anis, n'a pas de couleur. Il faut y ajouter de l'eau pour qu'il devienne blanc pur, comme un nuage d'été. Petit à petit, j'ai eu le sentiment d'être entouré par ce nuage.

Après le troisième verre, j'ai écrit un poème :

Loin d'Allah
Proche du paradis de ton ventre
Je lève le verre dans l'obscurité
À la santé de l'infidélité
Les étoiles que les prophètes n'ont pas vues
Je les touche dans ton nombril

Mes yeux reviennent vers la fenêtre de Violette, sa serviette est tombée. Je peux voir des reflets de lumière sur sa taille nue, douce. Elle a un grain de beauté telle une étoile dans une rivière. Cette image est une raison suffisante pour que la planète continue de tourner. Si un jour je crois en un créateur de ce monde, faiseur de miracles, ce sera grâce à elle.

Elle finit de brosser ses cheveux et quitte la chaise ; pendant une seconde j'aperçois sa cuisse. Ensuite, la chaise, la serviette et toute la chambre disparaissent dans le noir.

Confiance

Je vais à la pizzéria, j'ai hâte de voir l'imam : l'être inattendu grâce auquel je peux mieux connaître ma voisine qui ne répond toujours pas.

Je passe devant la préfecture. Mon ancienne adresse n'est pas encore modifiée sur ma carte de séjour. Depuis le dernier essai, je me dis chaque jour que ce sera le programme du lendemain. Sur son mur, mon affiche proposant des cours d'arabe a été arrachée. Il ne reste qu'un lambeau blanc. Je me tourne vers celle que j'ai apposée sur le kiosque, elle a été déchirée. Je vérifie l'autre accrochée sur la boîte aux lettres : plus rien. Peut-être des clochards, ou un autre prof de la ville qui me considère comme un ennemi.

L'imam m'invite à m'asseoir, il est occupé par la réparation d'une horloge murale.

— Ça ne va jamais fonctionner, et je l'ai achetée il y a seulement un an.

Je dis n'importe quoi pour commencer une discussion :

— C'était bien la conférence pour toi ? Tu es content ?

— Oui, le message est bien passé. Ceux qui vont chercher el-Banna sur Google vont trouver son idée principale. La charia est la seule solution aux problèmes des musulmans, où qu'ils vivent, en France, en Égypte, ou même sur Mars.

Il jette l'appareil sur le comptoir.

— Ce que je te dis, je ne le dis pas à n'importe qui. Tu as l'air sympa et bien éduqué. Mais tu commets des fautes dans ta vie.

Dans ma vie, du point de vue d'un imam, il n'y a que des fautes. Sait-il que je fréquente Eva sans avoir contracté de mariage ? Ou m'a-t-il vu en train de trinquer quelque part ? Tout peut être acceptable pour lui, sauf s'il apprend que je ne suis qu'un athée.

— Tu vas au PMU, chez ce type pervers qui s'appelle Fouad. C'est un lieu pour les diables où tout est haram : loto, alcool, propos trop vulgaires.

Il ne me laisse pas le temps de répondre.

— Tu as une bonne origine. La région de Damas était chère au Prophète, il a dit : *Dieu a pris la garantie pour moi de Ash-Shâm et de ses habitants.*

Il jette un coup d'œil sur son employé, puis il glisse :

— Après la fin de mes études en Syrie, je suis rentré dans mon pays, l'Algérie, où j'ai travaillé comme prédicateur islamiste, avant de venir en France.

— Mais pourquoi tu as quitté l'Algérie ?

— Le gouvernement militaire ne nous laisse pas tranquilles. Il nous surveille où que nous allions. Je n'étais pas à l'aise. Des frères de Seine-Saint-Denis, rencontrés à Alger, m'ont conseillé de m'installer ici, où je pouvais être actif.

Il me montre le restaurant du doigt.

— Et j'ai monté cette entreprise.

Un enfant se précipite vers lui.

— Sofiane, mon fils, me dit l'imam en l'attrapant par le bras.

Puis, à Sofiane :

— Tu as mangé ?

— Oui.

— Tu as fait ta prière ?

— Oui.

— Tu as fait tes devoirs ?

— Oui.

Quand j'avais son âge, ces questions étaient quotidiennes de la part de mon père. J'avais toujours la même réponse : « Oui », je la répétais sans réfléchir. Lorsqu'il arrivait à la dernière phrase :

« Tu as besoin de quelque chose ? » Je disais : « Oui. » Pour aussitôt me corriger : « Non. »

L'imam met un chapelet dans la main du petit garçon et lui dit, en arabe :

— C'est pour Sajida, tu vas directement chez elle.

Il revient à moi.

— C'est notre voisine, elle m'a demandé quelque chose de La Mecque, quand j'y suis allé la dernière fois pour le pèlerinage. C'est une pauvre dame, mère de six enfants, son mari est décédé dans un accident.

Il regarde Sofiane qui s'éloigne.

— Il a appris la moitié du Coran par cœur, je suis fier de lui. L'éducation islamique est nécessaire. Il faut que cette génération connaisse bien son histoire, et soit convaincue qu'elle n'est pas comme les Français originaires de ce pays. Parce que ces derniers ne peuvent pas accepter l'idée qu'on soit comme eux, des êtres humains qui réfléchissent, qui ont une culture intéressante, indépendante. Ce n'est pas étonnant, *Ni les juifs, ni les chrétiens ne seront jamais satisfaits de toi, jusqu'à ce que tu suives leur religion*, dit Allah dans le Coran.

Il me demande ce que je veux boire, j'ai envie d'une boisson qui n'existe pas chez lui, une bière. Je choisis un Perrier.

Il reprend :

— Tu penses que tu es protégé parce que tu as le droit d'asile ? Crois-moi, tout peut changer du jour au lendemain. Ils sont capables de te renvoyer chez toi, ou de te tuer, au nom de la démocratie, celle-ci n'est qu'une illusion pour manipuler les peuples. Certains croient encore que le massacre de 1961 ne se répétera pas, c'est faux. Ils ont jeté des dizaines d'Algériens dans la Seine, ont abattu beaucoup d'autres comme des moutons, uniquement pour avoir manifesté pacifiquement afin de récupérer leurs droits. Les Français peuvent le faire à nouveau. C'est pour ça que la minorité musulmane doit être solide, et soutenue par des alliés politiques face à ses nombreux ennemis. On doit comprendre que la croisade n'était pas la guerre d'une seule époque : elle est toujours là sous la cendre.

Le serveur a bien réparé l'horloge, il l'accroche au mur, j'interviens :

— Ça explique pourquoi il y avait des gens de la mairie dans la salle ?

— Absolument, ils viennent, ils nous écoutent. Ils savent que rien qu'en Seine-Saint-Denis, on représente environ trente pour cent de la population. Quand ils proposent un projet en rapport avec notre morale : le mariage pour tous, l'interdiction du hijab, la construction de mosquées, la nourriture halal dans les cantines, ils ne sont pas libres de prendre des décisions sans nous prendre en considération. Aujourd'hui nous avons un certain poids dans la société, mais il n'est pas suffisant, il reste beaucoup de musulmans qui ont oublié leurs racines. Ils doivent comprendre que nos arrière-grands-parents, quand ils ont appliqué la charia, quand ils étaient des vrais fidèles, Allah leur a donné la gloire. Les frontières de l'État islamique au IXe siècle s'étendaient de la Chine à l'Espagne, tout ça était à nous. Omar Ibn al-Khattâb, le deuxième calife après le Prophète, a dit : *Nous sommes un peuple qu'Allah a honoré par l'islam. Sitôt que nous rechercherons les honneurs par une autre voie, Allah nous humiliera.* C'est pour cela que nos adversaires ont peur, une haine historique les oppose à nous, ils savent qu'une fois unis, on gagne.

— J'ai discuté avec une femme qui travaille dans la communication, elle a l'air d'être intéressée par tes propos, comment elle s'appelle déjà ?

Saber entre brusquement et interpelle l'imam :

— Des garçons se battent dans le jardin, on a besoin de toi.

Drogue

Saïd a projeté un jeune homme mince, dans la vingtaine, sur la voiture désossée au milieu du jardin. Il le frappe au visage, à la poitrine, au ventre, l'autre se débat. Le dealer le coince, essaie de l'étouffer. L'imam lui ordonne :

— Lâche-le immédiatement.

Il le laisse. Très gêné en me voyant, il tourne la tête pour que je ne croise pas ses yeux rougis. Il se débarrasse de la poussière et des feuilles d'arbre accrochées à ses cheveux bouclés, à sa banane, et à sa petite moustache.

Le nez de la victime est en sang. Si Saber ne les avait pas vus et ne s'était précipité pour appeler l'imam, il serait mort à l'heure qu'il est. Le hasard l'a sauvé, tout comme moi en Syrie. Une nuit, je suis sorti sur un balcon, une balle est passée à quelques centimètres de moi. Elle a cassé le barreau d'une fenêtre, peut-être pour me libérer, afin que je sois à Bobigny, en cet instant, où je vis cette scène.

Le dealer explique à l'imam :

— C'est sa faute, il n'arrête pas de venir sur notre territoire au lieu de rester chez lui à Drancy. Il n'a pas de clients là-bas alors il essaie de piquer les nôtres. Je l'ai déjà averti : du jardin jusqu'au métro, c'est à nous, on est d'ici, on y travaille depuis des années. On connaît chaque ruelle, chaque maison. Et lui, il vient nous emmerder. On ne touche pas à son quartier. Il n'a pas le droit de foutre les pieds chez nous. Il faut parler avec son chef.

Le blessé respire bruyamment, il a une trace bleue sous l'œil, il réagit :

Je n'ai pas de chef, moi, j'achète le produit à un autre dealer qui ne vend que des grandes quantités et je les distribue partout. Je ne gagne presque rien, je ne fais pas exprès de venir chez vous.

L'imam s'approche de lui.

— Tu peux t'en aller maintenant.

Il marche avec peine.

L'imam tire Saïd par son survêt :

— Combien de fois dois-je vous dire, à toi et aux autres dealers, que si vous avez un problème vous m'informez avant d'agir ? Vous êtes quoi, vous ? Des ânes ?

Il se tourne vers moi.

— Tu les vois les jeunes musulmans, les petits enfants de Saladin ?

Il l'apostrophe :

— Bravo, vous vendez cette saloperie, et on ne dit rien, mais les bagarres sont une ligne rouge. Maintenant tu rattrapes le type, tu t'excuses, et tu vois s'il a besoin de quelque chose.

Il ne bouge pas. La tête baissée, il sort un mouchoir de sa poche, essuie la sueur sur son visage, l'imam hurle :

— Tu n'as pas entendu ?

Il court derrière l'autre. Saber l'accompagne.

— Pourquoi tu n'as pas appelé la police ? je lui demande.

— Quelle police ? C'est notre ville, à nous de la protéger. Ces jeunes, sans ou avec nous, ils vendront de la drogue, alors le mieux est qu'ils restent sous nos yeux.

— Mais c'est illégal !

— Les flics s'en moquent. Le plus important pour eux c'est qu'il n'y ait pas de problème. Ils sont contents que moi et mes hommes assurions la sécurité. Comme ça ils sont tranquilles, sinon, ça serait la catastrophe. Ils ne peuvent pas tout contrôler. Surtout qu'ils ne sont pas les bienvenus.

Il revient dans sa pizzéria, et moi, la bière m'appelle après ces moments absurdes.

Condamné aux lis

Fouad est concentré sur son portable, de l'index, il parcourt l'écran. Il me le montre : regarde cette nana, elle est belle, non ?

Il est sur Tinder. La femme a des cheveux longs, noirs, lisses, des yeux bleus. Je lui confirme qu'elle est charmante. Il *like* la photo en balayant l'écran vers la droite.

— Je passe les journées, les soirées rien qu'avec des hommes, aucune meuf ne vient au PMU.

Je lui demande comment ça marche, il m'explique :

— Il faut que tu choisisses une photo où on voit que tu es beau gosse et que tu fasses une présentation courte, drôle.

Le vieux lui dit :

— Un jour je vais traverser la Méditerranée, de Marseille jusqu'à Sfax. Tu vas me retrouver dans ta ferme avec des vêtements de marin, accompagné par ma prochaine femme. Mais j'ai une condition : il faut que tu achètes des autruches.

— Pourquoi des autruches ? je l'interroge.

— Parce qu'elles adorent enterrer leur tête dans le sable, lui rétorque Fouad.

Le vieux est navré.

— Tu ne connais rien sur moi toi, tu ne connais rien sur rien. Les autruches sont fortes, rapides, belles, elles ont des ailes mais ne volent pas, et elles ne nous abandonnent pas. Et puis, elles sont fidèles.

Il va sur la terrasse, je le suis avec ma bière, il sort une cigarette, je l'allume. Il parle à voix basse, comme s'il s'adressait à lui-même :

— C'est pas elle qui m'a quitté.

— Qui donc ?

— Kamilia, elle avait une longue nuque. Je l'appelais l'autruche pour la taquiner. Quand je le faisais, elle me donnait une tape sur l'épaule, celle-là, la gauche, non, la droite. On a vécu ensemble plus de trente ans, tu sais ce que c'est vivre trente ans avec quelqu'un ? Peut-être n'as-tu même pas cet âge.

Il remplit sa poitrine de fumée.

— Mais pourquoi je te raconte ça ? Laisse-moi tranquille.

— OK, je m'en vais.

Je reste, il continue.

— Nous, les hommes, on fait les indépendants, mais on ne peut pas vivre sans les femmes. On joue les responsables, mais ce sont elles qui supportent nos bêtises.

— Et Kamilia ?

— Ah oui, oui, quand j'avais fait une connerie, j'achetais des lis, je les posais sur une table avant d'aller au travail. En rentrant, s'ils étaient dans un vase, ça voulait dire qu'elle me pardonnait, sinon, je devais attendre. Mais pas une seule fois les fleurs ne sont restées sans vase plus de deux jours. Pendant toute notre vie commune, je ne lui ai jamais demandé où elle les mettait lorsqu'elles étaient desséchées. Je t'ai dit, nous, les hommes, on n'est que des cons.

Il prend un morceau de sucre resté sur une soucoupe et le gobe.

— Avant son décès, elle m'a donné une boîte. Elle avait rassemblé toutes les fleurs dedans. Elles étaient nombreuses, c'était pas pour me dire qu'elle comptabilisait mes bêtises, mais qu'elle ne s'était jamais mise en colère. Pour elle, les lis étaient des cadeaux.

Il frotte ses cheveux.

— Je sais que tu veux savoir comment Kamilia est partie, elle a eu un arrêt cardiaque, elle était pourtant en bonne santé, mais c'est comme ça.

Un matin, elle est restée dans ses rêves, et moi j'attends encore son réveil.

On rentre, silencieux ; la lumière du soleil se reflète sur les gouttes de pluie recouvrant une table de la terrasse.

Réfugié sur Tinder

Pour essayer d'oublier Violette, je m'inscris sur Tinder. Je poste en suivant les conseils de Fouad : « Je suis un prof, mais seulement pour la langue, parfois, je suis à l'ouest. »

Sur cette appli, je dois savoir comment faire le premier pas tout seul, parce que je suis le garçon, mais je n'y parviens pas, peut-être aussi parce que je suis le garçon.

Je me prépare un verre d'anis, mélangé avec du fenouil et du gingembre. Le parfum me fait voyager dans l'enfance. Durant les nuits d'hiver, ma grand-mère confectionnait cette boisson, elle choisissait chaque feuille, chaque herbe du verger, pour qu'elles soient bien fraîches. Elle les faisait bouillir lentement sur le poêle à bois. La fumée flottait dans la pièce, laissait son empreinte sur la lampe à gaz allumée quand le gouvernement coupait l'électricité pour faire des économies. La vieille dame nous faisait sentir sa décoction. L'ombre portée de son corps dansait devant le feu. Elle croyait que ce breuvage valait beaucoup mieux que tous les médicaments du monde pour se soigner, et réchauffer ses muscles.

Je lis certains profils, « Fais-moi rire », « Célibataire sans enfant », « Toi le macho, le mec chelou, le mort de faim, je t'invite à dégager », « Le plus important c'est ta taille ».

J'envoie une phrase à toutes les femmes avec qui j'ai un *match* : « Je parie que tu penses au printemps sur ta photo. » Mon doigt glisse vers la droite, rapidement, je *like* en continu. Lorsque l'une d'elles répond à mon message : « Gagné, c'était au mois de mars, tu cherches quoi sur Tinder ? » Je poursuis : « Rencontre, relation, amour, tout est possible. » Elle réagit : « Désolée, je préfère les hommes qui savent ce qu'ils veulent. Je sors d'une histoire avec un pervers narcissique. » Je lui demande le sens de cette expérience, elle ne répond plus.

Je reçois un message : « Tu es de quelle origine ? » Je n'avais pas pensé que ça se voyait sur ma tête que je ne suis pas d'ici. Tôt ou tard, je devrai parler des conflits en Syrie. Ce n'est pas agréable de commencer une discussion sur une application de rencontre par ce sujet, mais, face à sa question, j'y suis contraint.

Je lui raconte ma situation : réfugié, Syrien, habitant à Bobigny… alors que j'écris, elle m'efface.

Ma boisson est froide, je l'ai oubliée, je la réchauffe. La vapeur d'eau monte jusqu'à la fenêtre ; même si Violette ouvrait son rideau, je ne pourrais pas la voir.

*

* *

J'avais 11 ans quand j'ai participé pour la première fois au concours de jeunes talents réservé aux collégiens de la région. C'est là que j'ai rencontré Maya, venue d'une ville pas très éloignée de la mienne. Son regard profond, doux, la fleur jaune toujours accrochée dans ses cheveux noirs, m'avaient immédiatement tapé dans l'œil. Je concourais dans la catégorie « lecture de poésie », elle, dans la partie musicale, elle jouait de la guitare. Accompagnés par le calme du printemps, les eucalyptus montraient leurs nuques jusqu'au deuxième étage du bâtiment, où on logeait séparément : les garçons dans une salle, les filles dans une autre de l'autre côté du couloir. Pendant les soirées, on organisait des concerts mixtes. On était tous, élèves, professeurs, obligés de porter un tee-shirt avec la photo du président floquée sur la poitrine. Malgré ce visage très laid, horrible, Maya était toujours belle. Je lisais des poèmes d'une voix forte pour attirer son attention, mais ça ne marchait pas.

Le dernier jour, j'ai décidé de précipiter les choses et de lui faire une déclaration d'amour. Sur un papier de couleur rose, le seul que j'avais pu obtenir d'un autre candidat, j'ai collé des timbres en forme de cœur, comme celui sur Tinder pour *liker* un profil. J'avais écrit qu'elle m'intéressait, que je voulais être plus proche d'elle, et lui souhaitais un très bel avenir. J'ai mis la lettre dans une enveloppe. Je l'ai attendue devant la salle et la lui ai tendue quand elle est sortie, bravant ma timidité et ma peur.

Je l'ai revue au cours de la soirée. J'avais peur d'avoir mal exprimé mes sentiments. Je faisais comme si je ne la voyais pas ; elle s'est approchée de moi, son sourire sublime m'a calmé : « Merci pour cette lettre, elle est vraiment magnifique. » J'ai eu l'impression que j'étais le roi de l'univers, et j'ai réfléchi : c'était le moment de passer à l'étape suivante, mais laquelle ? Je ne savais pas. Comme le portable n'existait pas en Syrie à la fin des années 1990, la seule façon de la contacter après notre retour c'était de lui laisser un numéro de téléphone. Si mes parents, très croyants, apprenaient que j'étais en contact avec une fille, ils me puniraient. Je ne l'ai donc pas fait.

Une heure plus tard, pendant le concert, je lui ai offert ma photo pour qu'elle se souvienne de moi. Elle m'a confié sa guitare, est allée dans la salle des filles d'où elle est revenue avec une photo d'elle. C'est le plus beau cadeau de toute mon enfance, je l'ai mise dans mon sac et l'ai dissimulée dans un lieu secret. Je l'ai regardée chaque fois que je me suis trouvé seul dans les nuits d'hiver, avec la tisane de ma grand-mère.

En ce moment, je vois encore Maya, parmi les photos défilant sur Tinder. Elle est beaucoup plus claire dans mes souvenirs.

Échappement

Cette nuit ne finira jamais. Il était 2 heures du matin il y a fort longtemps, il est maintenant 2 h 30. Le sommeil tarde à venir.

Eva me manque, les mouvements de son bras gauche quand elle parle, le parfum de l'encens, ses murmures lorsqu'on fait l'amour, ses cuisses serrées autour de ma taille. Tout ça m'envahit. Ce qui me manque le plus, c'est d'imaginer Violette quand je suis dans ses bras. Mais je ne peux plus contacter Eva. Quelque chose s'est brisé la dernière fois que j'ai pris congé d'elle, je l'ai senti dans son regard, et rien ne peut le réparer.

Il me semble que je dois partir de cette banlieue parisienne. J'ai déjà posté sur les réseaux sociaux que je cherche un nouveau logement. Peut-être irai-je dans une grande ville, loin de tout, où je ne connais personne, et où personne ne me connaît. Je pourrai exercer n'importe quel métier, et, le soir, me noyer dans la circulation des êtres humains, venus de partout, perdus dans les lumières des bars. Peut-être croiserai-je une femme, égarée comme moi. Je ne lui parlerai pas de la guerre, ni de la Syrie, je me contenterai de lui raconter des blagues de l'enfance, d'évoquer ma nationalité, de lui parler d'elle.

Je lui dirai comment, quand je n'arrive pas à dormir, je m'échappe vers une vieille scène vécue chez mes grands-parents. Je m'allongeais sur un matelas dans la cour, sous la treille. Ses branches étaient comme un toit. Je comptais les feuilles : une, deux, trois. Elles s'entrecroisaient et composaient de nombreuses formes : certaines semblables à un triangle, d'autres à un dessin. Le ciel faisait sa sieste dans le calme de l'après-midi. Un canari surveillait la maison depuis un mur blanc. Il entrecoupait le silence de son chant. Maintenant, je suis plongé dans ce moment mémoriel, hors du temps.

Mon portable me notifie la réception d'un nouveau message. « Demain en fin de journée si tu es disponible. » C'est de la part de Violette.

Rencard

Sa réponse est claire, comme elle. Je lui écris : « Oui bien sûr ! », puis j'efface le message, et envoie : « On fait comme ça. »

Depuis ce matin, je fais le ménage, nettoie chaque centimètre de la pièce avec de la javel, mes mains me brûlent, je n'ai pas de gants. Ça serait mieux d'aller chez le coiffeur, mais je n'ai plus le temps. Je coupe ma barbe avec la tondeuse, la taille avec un rasoir et je me fais une petite blessure, discrète, sous le menton.

Le seul costume élégant que j'ai, c'est celui avec lequel je me suis enfui de Syrie. Je le mets, avec une chemise blanche et verte. Et je choisis, parmi mes deux paires de chaussures, la plus haute, pour être plus grand. Je suis prêt. Avant de partir, j'enlève les plumes cousues sur le morceau de bois accroché au mur, peut-être n'aime-t-elle pas ce genre d'objets. Je le remets, il est joli quand même, je l'enlève à nouveau, puis je le remets. Je regarde sa fenêtre, elle est bien fermée. Je me tourne vers le miroir de ma salle de bains. Je me parle : « Bien joué ! C'est ton grand jour. »

Sur le chemin du PMU, j'évite de traverser le jardin, pour ne pas croiser le dealer ou l'imam.

Fouad est très occupé, il prépare le dossier de renouvellement de son passeport, les papiers administratifs sont sur le bar. En même temps, il sert des verres aux clients. Je lui demande une table sur la terrasse, pour deux personnes, dans une heure. Il interrompt son activité.

— C'est qui la deuxième ? Comment s'appelle-t-elle ? Tu l'as pécho sur Tinder ?

— Arrête, bon, oui, c'est pour un rendez-vous avec une femme. Mais je ne l'ai pas rencontrée sur une appli.

— On n'est pas un bar de rencard, tu sais ça ?

— D'accord, laisse tomber.

— Non je rigole, tiens, là-bas.

Il me montre une petite table isolée, les passants ne la remarquent pas.

Surveillance

Je n'arrête pas de vérifier l'heure sur mon portable. Je compte les secondes. J'ai déjà bu trois cafés et un chocolat chaud, il faut que je prenne une boisson qui calme, mais je préfère attendre.

J'entends ses pas, sa veste verte fait écran entre le ciel et moi. Elle s'installe.

— J'étais en réunion, ça a tardé, désolée.

Elle met son sac sur le sol, puis sur une chaise à côté. Il porte une inscription : *Le hasard ne favorise que les esprits préparés.* Je voudrais lui répondre avec une phrase de Paul Éluard : « Il n'y a pas de hasard, rien que des rendez-vous. » Mais la conversation tourne, et je ne trouve plus le bon moment pour le lui dire.

Tous les clients la surveillent, certain la regardent comme une part de gâteau, ça me gêne. Elle se lève, va vers le bar, je la suis, je remarque un muscle de sa jambe, sous sa jupe noire, il danse à chaque pas. Elle demande un mojito, je fais pareil. Calme, sage, drôle, elle échange quelques mots avec Fouad. Ce dernier commence à faire mon éloge :

— Ce mec est quelqu'un de vrai, il est sympa, fidèle.

— Vous vous connaissez depuis longtemps ? lui demande-t-elle.

— Non, mais moi je connais les gens à travers leur visage, c'est un super prof d'arabe aussi.

Il revient vers la machine à café. Le vieux est silencieux, complètement ivre, il nous fixe attentivement, comme s'il essayait de se rappeler où on s'est rencontrés. Les autres sont occupés par le début d'une nouvelle course de chevaux ; l'un d'eux parle à Violette :

— Je crois que le marron va gagner.

Il a des dents jaunes et noires. Elle lui répond :

— Moi aussi, je le crois.

Il lui raconte son histoire avec ce jeu.

— J'étais jockey dans ma jeunesse, je passais le temps dans les concours, j'ai obtenu plusieurs médailles.

Elle se tourne vers lui, il oublie l'écran, et continue son récit quand un de ses camardes l'arrête :

— Tu fais le héros devant la demoiselle, je te connais moi, t'as rien gagné.

Depuis qu'elle est arrivée, elle n'a pas arrêté de vapoter. La cigarette électronique, couleur argent, qu'elle tient dans sa main fait partie de ses accessoires.

Maintenant, les clients sont contents qu'elle soit là. Chacun raconte ses aventures avec le tiercé, et elle, on dirait une vraie spécialiste. Une aura de charme autour d'elle a effacé leurs regards salaces, remplacés par des marques de respect.

Je me sens seul, elle me sourit une seconde, pendant qu'elle leur parle. Je n'ai besoin de rien de plus pour m'assurer qu'elle est toujours très proche. Elle revient vers moi.

— Et le HLM ? me dit-elle.

Je suis coincé, je ne suis pas prêt pour une explication, j'avais juste en tête d'obtenir son numéro de portable.

— Tu sais, oui, bien sûr. Ce n'était qu'une manière pour te parler.

— Je sais.

— Mais je suis intéressé.

— Oui, ça se voit.

Elle réagit avec un clin d'œil.

On finit le premier verre, le deuxième, le troisième. Leur effet, contrairement à l'habitude, me donne plus d'énergie. Elle me demande de lui parler de la révolution syrienne. Je lui raconte comment on se cachait de la police.

— Le 20 juillet 2011, peu avant une manifestation dans le quartier de Qaymariyé, au cœur de la vieille ville de Damas, nous nous retrouvons dans un café en attendant le reste des manifestants. L'omniprésence des forces de sécurité nous oblige à la plus extrême discrétion. Nous ne parlons que par allusions. Le point de rassemblement se situe à l'intersection de deux étroites venelles. Aussi, afin de ne pas attirer l'attention de la Sécurité, allons-nous par petits groupes de deux ou trois, faisant semblant de faire des courses, dans l'attente du cri de ralliement : « Uni, uni, uni, le peuple syrien est uni ! » Puis nous nous mettons en marche en reprenant ce slogan. C'est suicidaire : nous ne sommes jamais plus d'une trentaine dans un quartier truffé de policiers. Dix minutes se sont à peine écoulées que nous nous retrouvons sur une petite place. L'un de nous, emporté par l'enthousiasme, ose lancer un mot d'ordre de son cru sur lequel nous ne nous sommes pas mis d'accord : « Le peuple veut la chute du régime ! » Cette phrase déclenche une charge de la police et des miliciens favorables au dictateur, armés de matraques et de couteaux. Les manifestants se dispersent, chacun prenant ses jambes à son cou. Avec cinq autres personnes, je me retrouve devant la porte d'une vieille maison au fond d'une impasse. Nous prenons le temps de reprendre notre souffle, pour ne pas être remarqués par les habitants. Nous ne savons pas s'ils sont avec nous. La seule fille de notre groupe est sur le point de s'évanouir de frayeur et de fatigue. Nous aspergeons d'eau son visage et décidons de sortir par groupes de deux une fois le calme revenu. Je fais équipe avec elle. Afin que personne ne nous remarque, je lui dis : « Écoute, je suis ton fiancé : tu t'es disputée avec ma mère, tu t'es plainte d'elle auprès de moi et j'essaye de vous réconcilier. » Nous sortons en faisant semblant de nous disputer. Elle insulte ma mère et je la défends. Nous avons beaucoup de mal à retenir nos rires. Nous continuons ainsi jusqu'à la mosquée des Omeyyades où nous nous séparons. »

Violette m'écoute, concentrée. Elle réagit peu, mais choisit ses mots. Tout ce que je voudrais, c'est qu'elle me raconte des histoires sur sa vie. J'ai soif de l'écouter. Mais je n'ai aucune envie de lui poser des questions.

— Je ne suis jamais allée au Moyen-Orient. Je suis née à Nantes d'une famille nantaise. Mes parents se sont rencontrés au lycée, depuis, ils sont ensemble. Ils n'ont eu que moi. Quand j'étais petite, ils me disaient toujours que je suffisais à combler leur amour. Parfois, j'aimerais avoir un frère, une sœur, mais je me dis que peut-être on ne s'entendrait pas bien. C'est ma mère qui m'a encouragée à venir à Paris étudier les sciences politiques. Pour elle, le plus important dans la vie, c'est de faire de bonnes études. J'ai ensuite trouvé un poste à la mairie de Bobigny.

Elle fait un petit cercle avec le doigt sur son verre. Son châle en satin vert sombre entoure ses épaules, il tombe sur sa poitrine. Elle le remet, je lui dis qu'il lui va bien, le bonheur envahit ses yeux brillants.

— Je l'ai acheté juste à côté, je suis obsédée par les châles depuis mon enfance, les grands m'appelaient mademoiselle Châle, j'en ai des dizaines. Je les déploie sur mon lit de temps en temps, je les touche, les souvenirs de chacun sont liés aux miens. Mettre un châle me donne un sentiment de chaleur, de tranquillité, et de satisfaction. Bref, je ne sais pas vraiment pourquoi, mais j'adore les châles, tout simplement.

Elle parle comme une gamine, avec beaucoup d'enthousiasme. Dans sa voix, un bruit se glisse entre les mots, celui d'une rivière délicate se faufilant parmi les feuilles.

— Et pourquoi le vert ? je lui demande.

— Parce que rien ne me procure plus de calme et de paix que cette couleur, j'ai l'impression quand je porte des vêtements verts que le monde chante autour de moi, et que je suis vivante. Le vert c'est l'infini.

Ses lèvres articulent très bien les sons de la langue, malgré sa rapidité d'élocution. Ça me donne tellement envie de l'embrasser, mais je n'y parviens pas.

C'est le soir, nous sommes bourrés. Le vieux appuie sa tête sur le bar, absent au monde entier. Le silence enveloppe la rue, des moments purs se présentent, entre la lumière douce de la fin de journée et les petits bruits des verres.

En rentrant, ce ne sera pas difficile de monter chez moi avec elle. On y poursuivra la soirée. En deux minutes elle sera devant sa porte. C'est ce que je lui propose. Sans réfléchir, elle dit oui. Je pense qu'elle avait deviné.

Dans ma chambre

Elle lit les quatrièmes de couverture des livres de ma bibliothèque, un par un, avec beaucoup d'intérêt, puis jette un coup d'œil sur la pièce.

— La chambre est bien rangée, on ne dirait pas celle d'un mec.

Elle s'installe brusquement sur le sofa, enlève sa veste. Je vois sa blouse blanche très décolletée, de face comme de dos. Je suis à sa droite, ma fenêtre est à sa gauche d'où je peux aussi apercevoir la sienne.

— Bientôt je serai comme toi, au chômage. Je vais chercher autre chose, me dit-elle.

Je lui ai raconté quand nous étions au bar mon problème avec l'enseignement de l'arabe à Bobigny dans cette ambiance islamiste. Elle n'a pas réagi, mais pendant quelques secondes, une grande tristesse est apparue dans son regard.

— Et la salle de l'imam, pourquoi tu y étais avec l'équipe de la mairie ? je lui demande.

— Je l'ignore. Ce n'est pas moi qui décide où on doit aller.

— Tu penses quoi de son discours ?

— Je crois qu'il est malin, mais je ne comprends pas tout. Je n'ai jamais lu le Coran.

Elle rit.

— L'histoire de Mahomet avec Maimouna ! Je l'imagine passant toute la nuit dehors, dans le froid, argumentant avec sa femme, jurant qu'il n'était pas chez une autre. L'imam, quand il raconte ça, le visage sombre, furieux, on dirait que ça lui est arrivé.

Je ris à mon tour, Violette incline la tête de droite à gauche, puis l'inverse, pour dire hélas à ce type ridicule.

J'ouvre la bouteille de côtes-du-rhône, mauvaise idée après le mojito, mais je n'ai rien d'autre à servir. Sa voix change, se fait plus prudente.

— Mes chefs aimeraient bien que l'imam les soutiennent : les élections municipales approchent, les votes de la communauté musulmane sont importants.

Je ne veux pas passer le reste de la soirée en parlant de lui.

— Est-ce que je peux prendre ta main, au cas où ?

Elle rigole.

— Pourquoi au cas où ?

Sans attendre ma réaction, elle se glisse dans mes bras. Elle murmure.

— Je savais que tu me surveillais. Ça ne m'a pas gênée, personne ne s'est intéressé à moi depuis longtemps. Tu vois, tu n'es pas le seul à être seul.

Cette femme n'est pas exceptionnelle. Employée à la mairie, elle n'est pas engagée, porte des vêtements ordinaires. Elle ressemble à ce que je recherche depuis mon arrivée à Bobigny, une vie simple. Cependant, la simplicité de Violette me donne envie de découvrir, à chaque moment, un nouvel aspect de sa personnalité.

Elle n'a rien de commun avec Louise Michel. En fait, si, car pour garder sa spontanéité, beaucoup de résistance est nécessaire dans ce monde compliqué.

Petit à petit, nos lèvres se rapprochent, se croisent. Je l'embrasse, ou c'est elle qui le fait. Comment décrire ce moment ? Je nage dans le printemps, ce n'est pas une métaphore, mais une vérité. Parce que, en enveloppant sa lèvre inférieure dans les miennes, je visualise un grand champ vert, lumineux, des gouttes de rosée tombent dans mes cheveux.

On s'allonge, elle enlève sa blouse, je suis torse nu. Son ventre est contre le mien. Son cœur palpite sur ma poitrine, résonne dans mes veines. Mes doigts touchent son épaule qui ressemble à une petite cloche, une musique joyeuse flotte dans mon esprit. Dans ma chambre, le corps de Violette est une autre chambre.

J'ai un seul sentiment en ce moment : tout va bien se passer, ni l'exil, ni la perte n'affecteront ma vie, je vivrai avec, comme un oiseau qui construit son nid continue de s'amuser, près des barricades.

— Tu ressembles à mon grand-père, je veux dire, quand il était jeune. Il avait les mêmes sourcils, le même front que toi.

— Il était aussi beau ?

— Il n'était pas aussi brun.

Je suis prêt à tout donner, à effleurer son dos à moitié nu, de mon souffle, à m'enfouir en elle pour toujours, mon nouveau refuge. Mais je reste comme je suis, dans cette position. J'ai l'impression que si je fais un geste, je vais tout détruire. Avec Eva, on faisait l'amour comme des malades, mais rien n'est plus intense que cet instant.

Les feuilles d'un arbre dans le jardin des voisins dessinent leurs ombres sur ma bibliothèque, entourées par les rayons couleur miel du coucher du soleil. Une dame en chaussures à talon monte l'escalier. Le bruit de ses pas produit un écho dans le bâtiment, où va ce bruit ? Que devient-il ? Peut-être se tapit-il dans l'obscurité pour faire partie du lendemain ?

Violette se dégage doucement.

— Je dois rentrer.

— C'est encore tôt.

Elle se rhabille. Elle m'embrasse, légèrement, rapidement. Une larme collée sur ses lèvres coule sur les miennes. Je regarde ses yeux pour vérifier. Les traits d'eye-liner et de crayon noir n'ont pas bougé. Elle s'éloigne vers la porte. Je sens le goût du sel, il est fort.

Mots sans forme

Je l'ai revue.

Elle était devant le PMU, m'a fait un signe de la main pour que je la suive. On a marché jusqu'à la rue où nous habitons.

Elle est montée, ne s'est pas arrêtée devant son appartement. On a atteint la terrasse, elle a ouvert la porte, est entrée. Il y avait un tapis rouge, des petits oreillers sur le sol. Un parfum de fleur d'oranger embaumait l'atmosphère. Elle portait des petites boucles d'oreilles roses, brillantes, en forme de croissant. Elle scrutait les étoiles, claires, malgré les lumières de la ville.

Assis à ses côtés, je lui ai demandé si elle aimait la poésie ancienne, elle n'a pas réagi. Je lui ai dit que j'adorais les poèmes soufis du Moyen-Orient, surtout ceux de Hallaj. Il était croyant à sa façon. Il pensait que Dieu était présent partout, dans tous les êtres, tous les objets de l'univers :

J'ai un Bien-Aimé que je visite dans ma solitude
Il est présent, absent aux regards
Tu ne me vois pas L'écouter discrètement
Pour comprendre Ses mots
Mots sans forme, ni son
Ils ne ressemblent pas à l'air de la voix
Comme si en m'adressant à Lui
Je m'adressais à moi-même

J'ai poursuivi.

— Cette poésie est ma propre religion. Tu sais que les soufis étaient nombreux chez nous ? Ils font partie de notre histoire tout comme les salafistes et les radicaux. Mais aujourd'hui, dans les pays arabes, on considère les anciens chefs de guerre islamistes comme des exemples. Et on abandonne les savants, les poètes. C'est vrai que nous avons eu Saladin, Khalid Ibn al-Walid qui a dévasté la Syrie pour diffuser son islam, Abu Bakr al-Siddiq, le premier calife après Mahomet, mais aussi Averroès, Ibn Khaldoun, le grand sociologue, dont on étudie les idées dans les universités du monde entier, et Abu Bakr al-Razi, le philosophe qui a divorcé d'avec toutes les religions et invité les gens à penser librement.

Elle m'écoutait sans cesser sa méditation. J'ai alors respiré profondément.

— La plupart de ces grands hommes n'étaient pas acceptés dans leur propre pays, et c'est toujours le cas de leurs idées.

Des fleurs en forme de jasmin parsèment sa robe. Elle prend ma main dans la sienne, la met sur son ventre, l'amène à sa poitrine, et me tire vers elle. Je découvre un nouveau grain de beauté sur sa nuque. Je le serre dans mes lèvres. Le goût du bonheur est sur sa peau. Elle touche mes cheveux bouclés.

— C'est une forêt, me dit-elle.

— Promène-toi, je lui réponds.

La lune couvrait une bonne partie du ciel, elle descendait lentement vers nous, devenait de plus en plus grande, énorme. Sa lumière était partout. Je n'arrivais plus à voir Violette, ni le tapis. Je me suis levé, le sol n'était plus là, j'étais nulle part, en train de tomber, ou de voler, mais je bougeais, je marchais, je courais, et je me suis réveillé.

*

* *

« Je te donne cent mille livres si tu récites par cœur le poème de Tarafa, sans une seule erreur », m'a dit mon père au début des vacances d'été. C'était un grand défi pour le gamin que j'étais. Tarafa Ibn al-Abd, un des plus grands poètes arabes du VIe siècle, a écrit un texte de 104 vers, dans une langue difficile à lire, truffée de termes tombés en désuétude. Il était existentialiste avant l'heure, adorait l'alcool, les voyages, et vivait dans l'instant. Un contre-modèle pour mon père croyant, salafiste, qui n'avait qu'un seul but : me rendre plus fort en arabe, langue essentielle dans la culture musulmane. Apprendre l'ancienne poésie et une page du Coran par jour était obligatoire pour les enfants de la famille. La somme proposée était alléchante, environ deux mille dollars. J'ai passé mon temps à répéter le texte.

> Toi qui me blâmes de me dérober à la guerre
> Et d'être présent aux moments des désirs
> Pourras-tu me procurer l'éternité ?
> Si tu ne peux pas repousser ma fin
> Laisse-moi en être la cause de par ma légitimité

Le soleil de juillet m'accompagnait pendant que, le poème à la main, je faisais des allers-retours dans la cour de la maison. Il m'a fallu trois semaines pour le mémoriser. Un soir, mon père ayant fini son thé d'après-dîner, je lui ai fait une surprise, j'ai débité le texte debout et d'une voix forte, comme il se doit avec la poésie arabe. Étonné, heureux, il m'a demandé de recommencer tout en n'arrêtant pas de me prendre en photo.

« Bravo, maintenant tu parles très bien l'arabe littéraire. »

Je ne savais pas quoi faire de cette énorme somme d'argent, j'ai préféré qu'il la garde pour moi. J'ai continué à apprendre des poèmes modernes et anciens par cœur. Je les répétais en méditant chaque phrase, j'imaginais que je pourrais habiter entre les lettres, remplacer un mot par un autre, comme on fait pour décorer une maison. Ce jeu m'a procuré la compagnie qui me manquait. Une fois, je suis tombé par hasard sur un recueil de Paul Éluard dans la librairie de la ville. Il était placé parmi les livres d'occasion sur un rayonnage peu visible. Je l'ai lu plusieurs fois, et je suis tombé amoureux de ses images, de sa sensibilité, de sa langue simple et profonde : « Et à travers le pouvoir des mots j'ai refait ma vie. » C'était tout ce que je connaissais de la France. Quand mon père l'a vu, il m'a prévenu de ne pas suivre cet homme : « C'est un infidèle, il ne fait pas partie de notre monde islamiste. »

Grâce à ces lectures, j'ai rêvé d'écrire ce que je ressentais, pensant que l'on pouvait ainsi exprimer ce que la parole ne permettait pas. Dès que j'avais transformé les idées en un être appelé littérature, j'avais l'impression d'avoir refait le monde au moyen de l'encre.

Nour, ma cousine, avait la même obsession. Installés à côté du verger qui occupe une partie de la cour, on écrivait des poèmes sur la beauté de la nature, la mère, le voyage. Il arrivait qu'un papillon noir nous rende visite, il se posait toujours sur un de nos genoux, on aurait dit qu'il lisait nos pages. On arrêtait de bouger lorsqu'il s'envolait. Quand on finissait un texte, on courait vers les grands pour le leur montrer. Ils étaient contents, mais il fallait faire attention : on ne devait pas perdre trop de temps à écrire, il y avait des choses plus importantes, comme la prière, le Coran, et l'étude des sciences, bien respectées par la majorité des Syriens. Tandis que les écrivains, pour eux, étaient des gens qui n'étaient pas parvenus à devenir des membres importants de la société.

Dans les séries de l'époque, la scène montrant un écrivain derrière son bureau, la nuit, buvant son café, mettant des lunettes, barbu, les yeux fatigués, m'excitait beaucoup. Je rêvais d'avoir le même bureau. J'ai insisté auprès de mon père pour qu'il m'en achète un, il l'a fait. Mais dès que je m'y suis installé, l'inspiration s'est envolée. J'ai alors couru dans la cour, c'était seulement là-bas que je pouvais construire des phrases.

Après le bac scientifique, Nour s'est orientée vers la médecine et n'a plus jamais écrit. Ce ne fut pas mon cas. N'étant pas à l'aise dans l'étude des sciences, le lycée n'était qu'un enfer pour moi. Je me suis inscrit en littérature arabe à l'université, et j'ai annoncé à tout le monde que je ne croyais plus en leur dieu, en leur Coran, et qu'un poème d'Éluard avait beaucoup plus de valeur à mes yeux que tous les propos de Mahomet. Ce poète est devenu l'exemple qui m'a permis de ne pas emprunter le chemin de la radicalisation, du salafisme, comme mes parents. Il m'a aidé à remplacer l'interdit par le désir, la violence par l'amour. Abandonnant les injonctions du Prophète, j'ai choisi d'y substituer les rêves du poète.

Mon père a annoncé que je n'étais plus son fils, ma famille ne m'a plus parlé, certains ont même pensé que j'étais devenu fou. C'est ainsi que je me suis encore plus réfugié dans l'écriture. Ce n'était pas un loisir, mais un pays, une façon unique de résister, d'exister, et d'être en harmonie avec le monde. Les années ont défilé, j'ai beaucoup changé de lieux, vécu la guerre, l'exil, mais le verger, le soleil, le visage de Nour, le papillon sont toujours inscrits dans ma mémoire, ils nourrissent mon inspiration. Mon père a gardé les cent mille livres, il a regretté de m'avoir ouvert les yeux sur la poésie : il n'avait pas deviné que ça m'emmènerait vers une autre rive, celle de la liberté, et du pouvoir des mots.

Rien ne m'intéresse

Des desserts algériens, libanais s'alignent sur les trottoirs. Les épiceries maghrébines présentent leurs meilleures marchandises. L'odeur du pain mélangée à celle des dattes, les queues devant les boucheries halal, les soldes dans les magasins de vêtements, voilà le ramadan à Bobigny. Rien de nouveau pour moi. C'est la même ambiance en Syrie. Ici aussi, la parole coranique est diffusée dans les rues.

J'avais cinq ans quand j'ai fait le ramadan pour la première fois. Les grands savaient que le jeûne était dangereux pour la santé d'un enfant, mais ils m'encourageaient à le faire, sûrs qu'Allah protégerait ceux qui respectaient ses principes. Au début de ce mois, avant le coucher du soleil, toute la famille, frères, sœurs, cousins, devait venir chez les grands-parents. Des dizaines de personnes se regroupaient, fatiguées, consultaient leurs montres en attendant la fin de la journée. Les femmes préparaient un repas dans la cuisine. Deux morceaux de linoléum étaient placés sur le sol d'une pièce. Un pour les grands, l'autre pour nous. Les nourritures les plus riches, les plus chères, étaient là : boulettes de viande rouge avec du riz, poulet grillé, kebbé, soupes, surtout si un ami était invité. Il fallait faire preuve de générosité devant lui. Les jours suivants étaient réservés aux autres membres de la famille, chacun proposant un iftar, toujours avec des plats bien gras. Une fois que tout était prêt, j'attendais impatient le moment où on avait le droit de boire. Les boissons à la réglisse, le jus d'orange, la limonade m'attendaient. Mais la plus délicieuse était le jus de tamarin, sucré et citronné à la fois, il rafraîchissait mon âme après une longue soif.

Pendant ce mois, on mange beaucoup plus que d'habitude, l'idée du ramadan perd son sens : avoir faim pour ressentir la même chose que les pauvres. Ça se manifeste sur le corps des participants en sens inverse, ils peuvent prendre plusieurs kilos.

L'imam, accompagné de son fils, se balade devant le centre commercial, je fais comme si je ne les voyais pas, mais il m'interpelle :

— Ramadan Karim prof.

Bon ramadan.

Il joue avec le gamin.

— On est au milieu du mois, tu tiens le coup, toi ?

Le petit bégaie :

— Oui, je vais con-con-continuer jussssqu'à la la fffin.

L'imam me dit :

— Un jour, ce gosse sera un grand imam.

L'enfant est heureux du compliment.

Il m'invite.

— On organise tous les soirs un iftar dans la salle de conférences, il faut que tu viennes.

— J'aurais bien aimé, mais…

— Qu'est-ce que tu as de mieux à faire ? Se réunir pendant ces jours de bénédiction est plus important que tout le reste.

Peut-être Violette est-elle aussi invitée avec l'équipe de la mairie ? Dans ce cas, même si ça se déroulait dans une mosquée, dans un temple, ou à La Mecque, je viendrais.

— Tu as raison, on s'y retrouve.

En rentrant chez moi, une inscription, affichée sur une boutique, attire mon attention, *Nous avons des violettes*, je cligne des yeux, j'ai confondu voilette et violette.

Une moto manque de me renverser, son conducteur n'a pas daigné prêter attention au feu rouge. Il m'insulte.

— Fais gaffe, connard !

Il reste deux heures avant l'iftar. Les gens sont à bout de nerfs. Un seul mot suffirait pour déclencher une dispute, tout comme en Syrie à cet instant.

Vivre dans cette ville pendant le ramadan est une chance pour un musulman pratiquant : il ne se sent pas étranger. Mais pour moi, l'apostat, seul le jus de tamarin me manque, la seule boisson que je ne trouve pas à Bobigny.

Pas prévu

Mon prof m'appelle :

— Une chambre est libre à Paris, dans le 11ᵉ arrondissement, il faut que tu viennes maintenant.

Je n'avais pas prévu ce contretemps un jour où j'espérais revoir Violette. Pas plus que n'était prévu tout ce que j'allais vivre dans cette ville. Comment pouvais-je deviner que j'allais fondre dans la chaleur irradiant de la fenêtre de ma voisine ? Ou que j'allais passer mon séjour entre le PMU et la salle islamiste, entre Fouad et l'imam, Eva et Violette ?

Je vais voir la nouvelle chambre, laissant tomber une femme que je connais à peine. Cette femme me fait penser qu'il y a encore de belles choses à Bobigny ; la tendresse parcourt la rue quand elle éclaire son studio. L'énergie entoure ma journée dès que j'entends sa porte s'ouvrir.

Elle est tout ça, et ce soir, ce sera peut-être l'occasion d'aller plus loin sur le chemin du désir. Alors je reste.

L'iftar

Des dizaines de bénévoles courent partout, ils préparent les tables. D'origines diverses – Maghreb, Somalie, Soudan, Sénégal –, ils ont entre 20 et 30 ans. Certains sont barbus, d'autres non. Toutes les femmes engagées dans l'organisation de l'événement sont voilées.

Saïd est là. Dès qu'il me voit, il accourt et me prend dans ses bras : « Content de te voir, quoi de neuf ? » Il est plus mince que lors de notre dernière rencontre. Il porte un tee-shirt noir proclamant : *I miss you.*

— Tu n'as pas froid ? je lui demande.

— Je suis toujours chaud, moi.

L'imam entre, me salue vite et avance vers les cuisiniers. Saber le suit, excité. Il s'assure que tout se passe bien, examine chaque détail, surveille les bénévoles. Le dealer devient plus sérieux, comme les autres il arrête ses blagues, place les cuillères à côté des assiettes. Il dispose les chaises avec un autre type, Mohammad, qui me raconte qu'il a fait des études de sciences islamiques à al-Azhar[1], au Caire. Quand le pouvoir des Frères musulmans s'est effondré en 2013, accusé d'attaques à main armée contre des civils, il a été condamné à dix ans de prison par le régime militaire de Sisi. Il a fui l'Égypte par la Méditerranée, vit dans un foyer à Bobigny « avec d'autres frères », comme il me le précise.

Au fond de la salle, la tribune a été remplacée par des grandes boîtes en carton, l'inscription *Don de l'association Rahma* et le drapeau du Qatar y sont bien en évidence. Saïd les ouvre rapidement, sort l'apéro de l'iftar, des dattes, des bouteilles de yaourt. Une bénévole les répartit sur les tables. Ils sont tous pleins d'énergie, chacun connaît bien son rôle.

Les participants arrivent. La plupart sont en famille, une dame porte un bébé sur son dos. Une autre est accompagnée d'un homme qui pousse leur fils pour l'obliger à s'asseoir à la place qu'il lui a choisie. La salle est complète. Mohammad me dit :

— Cette année, on a organisé des dizaines d'iftar publics en Seine-Saint-Denis, des milliers

1. Une institution islamique sunnite d'enseignement.

de personnes viennent tous les jours, ça fait du bien.

Violette n'est pas venue, ou pas encore.

Un azan enregistré annonce la fin de la journée de jeûne : « Allah Akbar, Allah Akbar. » J'entends : « Bismillah », au nom d'Allah, prononcé par ces gens qui n'ont rien mangé, ni bu, depuis environ douze heures. Maintenant, ils se précipitent vers la nourriture et la boisson.

Quatre cuisiniers remplissent les assiettes de couscous, de viande rouge, de légumes. L'imam circule entre les visiteurs, les écoute, leur parle, vérifie que rien ne manque, fait assaut d'une gentillesse feinte.

Je m'installe devant Saïd qui mange les dattes en même temps que le plat. Il essaie de mâcher plus lentement pour faire bonne figure chaque fois que je le regarde. Je l'ignore afin de ne pas le gêner. Il rit de temps à autre sans raison, des fossettes bien visibles apparaissent alors sur ses joues. Je termine avant lui, il est mécontent : « Tu n'as pas fini ton assiette, tu sais que le Prophète nous a interdit de faire ça ? »

— Oui, mais je n'ai plus envie. Dis, qui paie toutes ces nourritures ?

— Je ne sais pas exactement, mais l'imam est riche, on touche aussi des aides de la part des associations islamistes.

Mohammad, à sa gauche, lui tape sur l'épaule : « On touche rien. »

— Mais j'ai vu le drapeau du Qatar sur un des cartons, lui dis-je.

Il est stressé, jette sa fourchette, et avale le reste de son verre d'eau.

— Ce sont des dons, oui, mais les donneurs n'attendent rien en retour, ils veulent seulement que Dieu soit content d'eux. Ils nous offrent des livres, des produits alimentaires, rien de plus.

On se dirige Saïd et moi vers une petite pièce où on pose nos assiettes dans un évier. Il m'invite à le rejoindre dans le jardin plus tard.

— Si tu as envie d'écouter de la musique et de fumer un bon truc.

La meilleure communauté

Une dame en djellaba bariolée se sert un thé à la menthe avec le samovar posé à côté des cuisiniers. Je papote avec elle.

— Le repas est très bon, on mange bien ici, je viens tous les soirs.

Elle est originaire du Congo, mais n'est pas musulmane.

— La salle est ouverte à tout le monde, ajoute-t-elle.

L'assistance attaque les desserts maghrébins. Mohammad parle à une bénévole dans l'entrée. Il se frotte le front après chaque phrase, s'inquiète du regard des autres. Ses cheveux longs, mal coiffés, le distinguent dans la foule. Il est de la même taille que la femme qui a calé une de ses épaules sur le cadre de la porte ouverte. Elle essaie de mettre un terme à la discussion mais il ne s'interrompt pas. Finalement, elle le laisse et rejoint les autres.

J'entends derrière moi la voix de l'imam.

— Après l'iftar, tu rentres chez toi ?

— Oui, j'ai beaucoup de travail.

— La vie finit, mais le travail lui ne finit pas, ce n'est pas ce que vous dites en Syrie à quelqu'un qui passe son temps au boulot ?

— C'est vrai.

— Alors viens avec nous tout à l'heure pour la prière de Tarawih.

Je préfère la prison à cette prière. Je n'en ai que de mauvais souvenirs : lire une vingtaine de pages du Coran, en se prosternant à la fin de chacune, c'était dur, surtout après l'iftar.

— Non, non, il faut que je parte.

Ses doigts parcourent les grains d'un chapelet.

— On boit quelque chose avant ?

On s'assoit à côté des cartons vides, jetés contre le mur.

— Pendant mes études à Damas, j'ai rencontré la plupart des imams syriens. Je connaissais le moufti Ahmad Badr al-Din Hassoun. Je suis resté en contact avec lui. Mais je ne l'appelle plus depuis le début de la révolution. Son soutien au régime d'Assad est honteux. En revanche, d'autres imams ont défendu la révolution, comme al-Qaradawi[1],

1. Al-Qaradawi, très connu dans le monde islamiste, vit au Qatar, il est l'ex-président de la Fédération mondiale des savants musulmans.

bien qu'il soit Égyptien. C'est une preuve que les musulmans, partout dans le monde, sont un seul corps : si un membre a mal, tous les autres se réveillent pour le soigner, comme dit le Prophète.

Il enlève son bonnet, le remet.

— Tu sais qu'al-Qaradawi est interdit d'entrée en France ?

— Non.

— Le gouvernement français prétend qu'il tient un discours de haine, car il a émis une fatwa après l'occupation américaine de l'Irak, autorisant à tuer tous les Américains dans ce pays. Mais la vraie raison c'est qu'ils ont peur que les musulmans se réunissent autour de lui. Il a un charisme remarquable. Il représente l'islam authentique, un exemple pour toutes les religions. Le Coran proclame : *Vous êtes la meilleure communauté, qu'on ait fait surgir pour les hommes. Vous ordonnez le convenable, interdisez le blâmable et croyez à Allah.*

La dame s'avance vers nous. L'imam arrête de parler.

— À demain, lui dit-elle, et elle continue vers la sortie.

— Elle m'a dit qu'elle n'était pas musulmane, dis-je à l'imam.

— C'est vrai, nous invitons les autres pour qu'ils voient notre beau visage. Ils manifesteront avec nous si certains politiciens nous posent des problèmes et, qui sait, peut-être qu'Allah les orientera vers la croyance.

Mohammad salue les autres, visage vexé, il s'excuse auprès de mon interlocuteur.

— Il faut que j'aille à la mosquée Tawhid pour la prière.

— De quoi tu parlais avec la fille, là-bas ?

Le jeune homme est gêné.

— De rien, elle a un frère qui veut s'inscrire à la fac, je lui ai dit que je connaissais quelqu'un qui pouvait l'aider. Bon, je m'en vais, Salamou Alèkoum.

*

* *

Au contraire d'ici, la table Al-Rahman[1], comme ils l'appellent en Syrie, n'est pas mixte. Un homme riche, souvent candidat au Parlement, ou à la mairie, organise un iftar. Ceux qui n'ont pas les moyens de s'offrir ce repas de ramadan se retrouvent dans une vaste salle ou une tente à deux pas de chez eux, où des tables sont réservées aux femmes et aux enfants. Des serveurs élégants, chemises blanches et pantalons noirs, distribuent la nourriture et répondent aux questions. Les visi-

1. Un des noms d'Allah dans l'islam.

teurs ne reçoivent pas d'invitations, tout le monde peut venir. En sortant, on leur donne des cadeaux : des sacs de riz, de pâtes, du sucre, portant le nom et la photo du bienfaiteur.

Mauvaise humeur

Avec le temps, j'ai appris à aborder les dealers de la ville : surtout ne pas les critiquer, apparaître comme quelqu'un de furieux contre la France, utiliser des gros mots. Ce que je fais en ce moment avec Saïd. Il a déjà fumé la moitié d'un pétard, il me l'offre.

— Non merci.

Il ne réagit pas. Il est en train d'écouter du rap, ne détourne la tête du ciel que pour regarder son portable.

— On est pareils, tu sais ? me dit-il.

— Comment ça ?

— Moi non plus j'ai pas de pays, je suis né à Bobigny, mes parents se foutent pas mal de moi. Mon père a épousé deux femmes, il vit avec elles. Chacune a son domicile, mais pour l'État, il n'a qu'une épouse, l'autre est considérée comme parente isolée. Ils se sont mariés à la mosquée. Il a quatorze enfants, et il passe son temps devant la télé, tandis que ma mère cuisine.

Le jardin est vide, personne ne passe, sauf les drogués, égarés.

— Quand j'étais jeune, mes camarades de classe m'appelaient le pédé car je voulais devenir danseur. J'adorais Mickael Jackson, sa voix, ses mots, et son côté révolté. Il était comme un dieu pour moi. Je l'écoutais et je mimais sa façon de danser. Je m'en fichais de ce que les autres disaient sur moi. Un jour, en sortant de l'école, sept élèves m'ont encerclé, m'ont coincé contre un mur, m'ont frappé le visage, le ventre, les couilles, surtout les couilles. J'ai essayé de me défendre, mais j'étais tout seul. Mon sang collait sur mon pantalon, ils criaient : Voilà, tu n'es plus vierge petite pute, on t'a baisé, sale pédé. Tout était flou, je ne pouvais plus bouger, mais j'entendais encore leurs paroles. Certains voulaient continuer jusqu'à ma mort, tu sais qui m'a sauvé ?

Il déchire une feuille de papier à cigarette, la jette en direction de la voiture désossée.

— C'est l'imam. Il s'est approché, les a virés et m'a emmené à l'hôpital. Il a téléphoné à mon père, mais celui-ci n'est pas venu, il pensait que c'était ma faute. Je ne devais pas écouter de musique américaine, pas danser. Pour lui, c'était une leçon qui me permettrait de devenir un vrai homme. Depuis, j'ai quitté l'école et je ne fréquente que des dealers de quartier, ils sont les plus forts, tu sais, grâce à eux j'ai eu ce travail. Je ne suis pas pédé, moi, *wallah*, j'avais même une copine. On sortait ensemble de temps en temps, on allait à la piscine, ou se baladait. Tu vois le McDo dans le centre commercial ?

— Oui, je vois où c'est.

— C'était notre lieu de rendez-vous. Je voulais faire ma vie avec elle, mais elle m'a quitté, elle a épousé son cousin car il était riche.

Il pince sa moustache entre ses doigts. Son visage n'est plus celui de l'iftar : ses yeux sont pleins de colère, ses mains tremblent pendant qu'il parle.

— Je voulais la tuer, mais l'imam m'a persuadé que ça servirait à rien. J'ai longtemps pensé à elle. Je la voyais dans mes cauchemars, elle se moquait de moi avec les autres connards qui m'ont tabassé. Ils répétaient tous : pédé, en tirant la langue. Et je me réveillais couvert de larmes.

Il coupe la musique, écrase le bout du pétard sous sa chaussure.

— Mais aujourd'hui je suis fort, je peux me battre. Je nique la mère de tous ceux qui m'emmerdent. Je connais beaucoup de monde, c'est l'avantage d'être un dealer. On croise des personnes différentes, des assassins, des voleurs, des professeurs, et même des politiciens qui souhaitent se kiffer après une longue journée de travail. La plupart d'entre eux ne nous disent pas bonjour quand on se voit par hasard, mais ils nous appellent pour une livraison de haschisch en fin de soirée.

— Tu connais l'équipe de la mairie ?

— Qui ?

— Violette.

— Oui. Une fois je lui ai proposé un peu de cannabis, elle m'a donné une pièce, sans prendre le sachet. Ça m'a dérangé, je suis pas un mendiant. Mais bon, je lui pardonne, elle ne voulait pas me faire de mal.

Je n'ai jamais vu Violette en train de fumer, même des cigarettes normales, elle est toujours avec son vapoteur.

— Pourquoi tu te renseignes ? T'es amoureux ?

— Non.

— Si, ça se voit. Écoute vas-y. Elle est grave cool.

Majorité

Je retourne dans la salle pour vérifier que ma voisine n'est pas venue. Entre les cartons et les cuisiniers, je vois une petite bibliothèque qui propose un livre d'Ibn Taymiyya, imam très influent en Arabie saoudite, inspirateur de la pensée salafiste, *L'Épée la plus forte contre les insultes au Prophète.* Il y a aussi plusieurs ouvrages d'al-Qaradawi, je parviens à en distinguer deux, *Fiqh Al Djihad*, et *La Vérité de l'uniforme.*

L'imam est plongé dans ses pensées, je suis occupé par les miennes. Je le questionne sur l'absence de représentants de la mairie.

— Ils sont pris par d'autres manifestations, me dit-il.

Une longue minute de silence nous traverse. Je sors mon portable pour regarder à nouveau les photos de Violette sur Facebook. Je les connais par cœur, mais c'est une bonne manière d'échapper au discours pesant de l'islamiste. J'imagine que je suis avec elle au bord du fleuve, en train de compter les canaris qui traversent l'eau. Compter les canaris est un geste sans aucun intérêt, c'est ça le but : faire quelque chose d'absurde, comme l'existence. Le lendemain de notre rendez-vous, elle était sur son balcon, buvait un café en touchant ses fleurs. Puis elle a répondu à un appel. Je pouvais l'entendre depuis ma chambre à la fenêtre ouverte. J'ai compris qu'elle parlait à quelqu'un d'un problème, elle était angoissée.

— J'ai besoin de force, je ne sais pas si je peux m'en sortir cette fois.

Elle a raccroché, et s'est mise à pleurer. Cinq minutes plus tard, elle était installée sur son canapé en train de lire. Un pied sur une chaise, sa robe découvrant une de ses jambes. On aurait dit un dessin.

Nous ne sommes pas amis sur Facebook. J'appuie sur le bouton « Ajouter comme amie », pour lui rappeler que je suis là à l'attendre. J'aurais bien aimé voir un autre bouton : « Ajouter comme amante. »

Il ne reste que quelques bénévoles qui replient les chaises. Saïd fait la vaisselle dans la petite pièce, met beaucoup de savon sur les tasses, les assiettes. Il bouge les pieds en rythme. Il se tourne vers nous de temps à autre. L'imam dit :

— Depuis Napoléon, l'homme blanc européen a occupé l'Afrique du Nord, le Moyen-Orient, et a découpé les pays musulmans, comme une galette. Il nous a interdit de vivre selon nos principes islamistes, de choisir notre pouvoir. Il nous a traités comme des animaux. Il pensait être le plus intelligent, ce qui lui permettait de dominer le monde. Plus tard, après l'indépendance de notre territoire, pendant les Trente Glorieuses, il a eu besoin d'ouvriers, de beaucoup d'ouvriers. Des millions de musulmans ont fui la situation misérable de leurs patries et se sont réfugiés en Europe, surtout en France. Le Blanc était content : il n'allait pas trouver mieux que ces gens mal payés et travaillant bien. De plus, ils maîtrisaient sa langue grâce à la colonisation. Mais il n'a pas imaginé qu'ils allaient devenir aussi nombreux d'une génération à l'autre en suivant l'injonction du Prophète : *Copulez, faites des enfants, je serai fier de votre membre le jour du jugement dernier.* Le plus important pour que les musulmans soient forts ici c'est qu'ils deviennent majoritaires. Aujourd'hui, selon des études, les sociétés européennes sont en train de s'islamiser. L'islam sera la première religion en Belgique en 2030. En France, nous sommes environ six millions, on fait presque dix pour cent de la population, nous atteindrons dix-huit pour cent en 2050. Ça veut dire qu'un Français sur cinq sera musulman. En Allemagne il y a cinq millions de musulmans, la plupart sont des jeunes. Quand les Européens passent leur temps à se concentrer sur leur culture individualiste, à s'amuser ou à voyager, nous créons des familles. L'homme blanc, qui vit encore dans l'illusion d'être le meilleur, est en train de disparaître. Quelque chose lui a échappé : c'est la réaction historique évidente, comme j'aime l'appeler : il était chez nous, maintenant nous sommes chez lui, pas comme des faibles, des maltraités, mais comme des maîtres qui vont contrôler ce pays dans l'avenir. La France a colonisé l'Algérie pendant cent trente ans, c'est à nous de la coloniser pour cette durée-là, ou même plus au profit de l'islam.

Saber nous apporte des gobelets de thé et reste debout derrière l'imam. Je réagis :

— Mais la diversité parmi les musulmans est évidente : culture, langue, tradition, mode de vie. Nous avons les Maghrébins, les Turcs, les Syriens. Beaucoup parmi eux ne sont pas pratiquants, et ils ne connaissent de l'islam que le ramadan et la nourriture halal. En France, par exemple, aucune comparaison entre un type qui boit de l'alcool, va en boîte de nuit, se marie à la mairie, ne sait même pas comment on fait la prière, et un autre qui ne quitte pas la mosquée. Quand ils se rencontrent, qu'est-ce qu'ils ont à partager ? Rien, sauf, peut-être, le salut « Salamou Alèkoum ». Ensuite, ils vont aussitôt discuter d'autre chose, comme n'importe quels citoyens. On ne peut pas les mettre tous dans le même sac.

Il remarque mon visage tendu mais, très vite, il fait semblant de n'avoir rien vu.

— Je sais, et c'est à nous, les imams, les intellectuels musulmans, de les intégrer à nouveau dans l'islam, leur seule identité. La notion de citoyenneté n'existe pas dans notre croyance, nous ne reconnaissons que celle de la communauté. Dans ce contexte, l'unique constitution à respecter pour les musulmans, c'est le Coran, et pas celle de la République. Il faut aussi leur rappeler que les Européens sont responsables des malheurs qui nous ont accablés. C'est impardonnable.

— C'est quoi le sens de tout ça ? La vengeance ?

— Ce n'est pas essentiel. L'objectif final, c'est de réaliser l'oracle du Prophète qui a promis : *Cette religion va être partout où il y a une journée et une nuit.* Al Qaradawi a déjà déclaré : *L'islam sera présent dans toute l'Europe, sans épée, sans bataille, mais par l'invitation à la religion.* Chaque musulman peut participer à cette belle mission, à la création d'un État islamiste. Toi aussi, tu peux contribuer à son succès.

— Comment ?

L'imam regarde sa montre.

— Il faut que j'y aille, viens un de ces quatre, on parlera tranquillement.

Étranger

Le vent fait bouger les arbres, ils émettent un bruit doux dans le silence du jardin. Saïd m'appelle. Je m'excuse :

— Je dois rentrer.

Il insiste. Je m'assois sur un rebord de ciment, le bas de mon pantalon est plein de poussière que j'époussette.

— Pourquoi tu ne trouves pas un autre travail ? je lui demande.

— Où ? À Bobigny ? J'en ai marre de cette ville pauvre, il n'y a rien à faire. À Paris ? Je connais personne, j'y suis allé deux ou trois fois quand j'étais petit. J'ai pas aimé, c'est tellement cher !

Je lui explique qu'il pourrait aller à l'université, continuer ses études.

— Qu'est-ce que tu veux que j'étudie ? La science de la drogue ? J'ai même pas mon bac. On est là pour travailler au noir comme des trafiquants, c'est le seul lieu où on est acceptés, et respectés.

Il ouvre une canette de bière.

— Je veux te dire un truc, mais il faut que cela reste entre nous, promis ?

— Bien sûr.

— C'est nous qui avons arraché tes affiches de cours d'arabe, l'imam nous l'a ordonné. Ne me demande pas pourquoi il a fait ça.

— Pourquoi il a fait ça ?

— Arrête de faire le malin ! D'accord, je crois qu'il veut que tu ne bosses qu'avec lui, et je ne te dis rien de plus.

Il regarde mon visage plein d'interrogations.

— Tu vas bientôt comprendre. Tu es un intellectuel, tu ne sais pas comment les choses se passent dans la vraie vie.

Il est heureux de me donner des leçons, je le laisse faire. Le vent souffle plus fort, il emporte des fragments de feuilles d'arbre.

— Cette ville n'est pas pour toi mec, il faut que tu partes. Moi aussi je vais partir, en Algérie peut être. Je sais que les Algériens nés ici sont très mal vus au bled, ils sont considérés comme des fils de riche. Mais au moins, c'est chez moi ; j'y suis jamais allé, comment ça peut être chez moi ? Haha. C'est mon pays et je le connais pas.

Bataille

Je cours dans les rues sombres, la pluie se met de la partie, il tombe des cordes. Je ne vois que les phares d'une voiture au loin. Si je rentre chez moi, je vais être complètement trempé. Je n'ai pas de parapluie, ma spécialité est de l'oublier chaque fois que je sors.

Je me réfugie chez Fouad. Il est en train d'ouvrir une boîte de sardines. Il remplit des petites assiettes avec des olives, du saucisson, et de la harissa.

— Tu viens moins qu'avant, normal, tu passes ton temps dans les bras de Violette. Et tu as raison, être avec une femme comme elle fait oublier le monde entier. Elle va bien ? Je ne la vois plus passer quand elle va vers la mairie.

— Je ne la vois pas non plus, elle ne me contacte pas.

— C'est bizarre. Elle avait l'air intéressée par toi. Mais bon, il faut que t'en cherches une autre, l'amour fait oublier l'amour.

— Et toi, tu as trouvé quelqu'un ?

— Non, je cherche un mariage en CDD. C'est compliqué, mais on s'en fout, célibataire on est très bien.

Pendant qu'il retourne vers la machine à café, il renverse un verre de bière sur le zinc.

Le vieux, à cette heure-ci, doit être au bar, *L'Humanité* dans les mains, il n'a suffisamment d'énergie que pour boire, et encore, fort lentement. J'imagine s'il était blessé : pas besoin de désinfection, son sang est déjà saturé d'alcool.

Mais ce soir, il est assis derrière une table, sans journal. Dès qu'il voit l'incident, il se moque de l'autre.

— Tu es aussi vieux que moi.

Fouad essuie les éclaboussures.

— Tu n'es pas vieux, tu es atteint de longévité.

— C'est parce que je suis ancien, plus ancien que Notre-Dame, même les Vikings – tu connais les Vikings ? – sont plus modernes que moi.

— Tu es toujours aussi charmant en tout cas.

— J'étais solide dans ma jeunesse, si j'avais été chiant comme toi, je serais monstrueux aujourd'hui. Quand on devient vieux, tout ce qu'on a caché dans son cœur réapparaît sur le corps.

— Arrête de faire ta grosse tête.

Le condamné aux lis fume sur place, les épaules basses.

— Ça te regarde pas, sois beau et tais-toi.

— On dit sois belle et tais-toi.

— Et moi je dis beau.

— On verra qui va te ramener chez toi après tout ce que tu auras bu. En tout cas, ce ne sera pas moi.

Une lumière éclaire faiblement le bar. Fouad m'apporte ce que j'ai commandé, un verre de côtes-du-rhône, il m'informe qu'il va bientôt partir à Sfax.

— J'y vais pour acheter la ferme, et j'y reste.

Il dit au vieux :

— Viens manger avec moi.

— Non, je fais le ramadan.

— Mais c'est fini, il est tard.

Il étend la harissa et la sardine sur un morceau de pain.

— Déjà, moi, l'Arabe, le musulman, je ne jeûne pas, et toi, tu le respectes !

Il se tourne vers moi :

— Et toi ?

— Je le fais mais à ma façon, en mangeant du porc chaque jour.

Le vieux rit très fort, il rote, tousse, Fouad accourt avec un verre d'eau, il lui donne des tapes dans le dos.

— Bois, tu vas mourir.

Il avale l'eau, se calme. Il se redresse et jette sa bière au visage du barman.

— C'est pour que tu penses à moi quand tu seras en Tunisie.

Il s'enfuit, l'autre le rattrape au niveau de la porte, le vieux essaie de s'échapper.

— T'es con, traître, lâche. Tu veux pas m'emmener avec toi.

Fouad lui tord le bras, le pousse vers la chaise, l'assied. Le vieux le frappe à la taille, à la poitrine, puis sa tête s'affale sur la table. Deux clients observent la scène, mais très vite reprennent leur discussion.

Fouad va dans une pièce derrière le bar, il se lave, change de pull, et revient.

— Ne t'en fais pas pour lui, il fait toujours des conneries quand il est complètement saoul.

Il range les assiettes, prépare un café.

— Ça fait des années qu'il vient ici tous les jours. Il t'a raconté qu'il avait perdu sa femme ?

— Oui.

— Il raconte ça à tout le monde.

L'ivrogne dort comme un bébé, tout à fait à l'aise dans sa position : on dirait qu'il est sur un lit confortable, en attendant que sa Kamilia se réveille pour le secouer.

Fouad poursuit.

— Je le supporte car il me fait penser à mon père, il était comme lui, nerveux, bizarre. Je ne l'ai jamais compris. Tout ce que je sais, c'est qu'il était communiste, opposant au régime tunisien. Il a été emprisonné deux ans à l'époque de Ben Ali, mais la prison ne l'a jamais quitté. Le jour où il a été libéré, j'avais 10 ans, on avait préparé une fête, les proches se sont réunis chez nous. Il était angoissé, nous engueulait, moi, ma mère, et ma sœur, sans raison. Il refusait de parler de la taule. Il passait ses jours seul dans sa chambre, ou à se bourrer avec ses potes.

Je me sers un nouveau verre de la bouteille de vin restée sur le bar.

— Et après ?

— Il est décédé quelques mois avant que je me rende en France, sa mort m'a décidé à partir. Il me disait toujours : « Dès que tu trouves une occasion pour faire ta vie à l'étranger n'hésite pas, la Tunisie est un pays paumé. » Mais maintenant j'ai envie de rentrer, ça fait des années que je suis loin. Mes ailes sont fatiguées.

Les deux clients s'en vont. Dehors, il continue de pleuvoir. Mes yeux sont en feu, mais j'ai froid, j'ai besoin de sangloter, de mélanger mes larmes avec celles du ciel. Mon cœur est une cloche dans une église abandonnée. Un enfant qui a perdu sa mère dans un souk.

Ça fait longtemps que je ne pleure plus, mais depuis que Violette l'a fait chez moi, je suis rapidement ému. Violette, dont, depuis des jours, la fenêtre ressemble à un écran blanc.

Il met une chanson d'Abd Elhalim : « Sois heureux, remplis l'univers de tes souhaits, on ne tombera, ni moi, ni toi, à nouveau amoureux. »

— Elle est joyeuse, au contraire de la musique arabe, souvent déprimante, commente Fouad.

— Je suis d'accord, la mélancolie occupe l'art du Moyen-Orient. Surtout la poésie ; il y a mille cinq cents ans, quand on était dans le désert arabique, la plupart des thèmes des poèmes étaient la séparation, le chagrin d'amour, la mort. Cela continue jusqu'à aujourd'hui, bien qu'on ait quitté le désert depuis longtemps.

Le vieux tremble, la boîte de lis tombe de sa poche, s'ouvre, les fleurs desséchées se répandent sur le sol.

L'âge des figuiers

Je ne suis ni triste, ni effrayé, ni heureux. L'épisode que je viens de vivre, j'en ai si souvent été le témoin en Syrie. On partage le bonheur et la colère avec quelqu'un et, soudain, il part pour toujours. Le lendemain, le train de ce que l'on appelle la vie continue, comme si de rien n'était.

Dans ma chambre, je me repasse la scène du bar. Cette fois, certains détails sont différents : le pouls du vieux ne bat plus, j'appelle les ambulanciers, ils arrivent, me demandent son nom, sa date de naissance, mais ni Fouad ni moi ne les connaissons. Ils fouillent ses poches, il n'a aucun papier administratif. Le tonnerre se déchaîne dans le ciel de minuit.

Ils téléphonent à la police. Les agents notent nos identités, posent des questions à Fouad, il est absent, choqué, se déplace entre le bar, la porte, et la terrasse.

Je leur réponds :

— Il était ivre, on a pensé qu'il dormait, ensuite, il est tombé.

Les pompiers emmènent le mort dans leur véhicule. Les flics nous enjoignent de quitter le café. Abd Elhalim chante : « Je t'en prie, Ô monde, amène-nous vers la joie, et dis à l'amour qu'il nous attende. » Je débranche le lecteur de CD et accompagne Fouad dehors.

Sur le trottoir détrempé, il ne cesse de répéter : « C'est moi qui l'ai tué. »

Je le regarde dans les yeux.

— Il était bourré, il a essayé de te frapper, tu l'as assis, ce n'est pas ta faute.

On monte jusqu'à son appartement, dans le même bâtiment. Il s'allonge sur le sofa.

— J'aurais dû dire au vieux qu'il pouvait venir avec moi en Tunisie, au moins il serait mort heureux.

Je le couvre d'une couette et lui prépare une tasse de tisane. Il sue, je veux l'emmener à l'hôpital, mais il refuse.

— C'est rien, raconte-moi quelque chose.

J'enlève mon manteau.

— Je pense aux lis, tu as vu la boîte n'est-ce pas ?

— Oui.

— Après toutes ces années d'exil, je ne connais plus les dates de naissance des gens de ma famille.

Peut-être les ai-je oubliées, peut-être les ai-je toujours ignorées. Lors des anniversaires nous nous contentions de prononcer quelques formules convenues, pour eux, c'était haram.

— En Tunisie c'est pareil avec certains pratiquants.

— La personne dont j'aimerais le plus connaître l'âge, c'est mon grand-père. Il m'emmenait souvent à sa ferme, le matin, très tôt. Je me souviens bien de sa main crevassée quand elle tenait la mienne. On ne pouvait entrer qu'en passant par une petite ouverture entre deux champs. Je sautais pour franchir une minuscule rigole. J'avais peur de tomber avant que mes pieds ne se rejoignent. Il riait de me voir hésiter : « Vas-y, même pas peur, tu es un homme. » Puis il se penchait, entrait, et je le suivais. Le plus cher pour lui, parmi les arbres, c'était un figuier ancien, énorme. Il le caressait, le rassurait. Il contemplait ses fruits. Pour connaître l'âge d'un arbre il suffit de le couper : le nombre de cercles sur le tronc indique celui des années. La paume de mon grand-père était aussi un arbre pour moi. J'aurais dû compter ses crevasses, elles ressemblaient à celles du tronc. J'aurais ainsi pu connaître son âge.

La pluie s'arrête, le calme s'installe dans la pièce, Fouad finit sa tasse en attendant la suite. Je poursuis :

— Tout à l'heure, j'avais envie de compter les fleurs dans la boîte, j'ai imaginé qu'il y en avait autant que les années qu'il a vécues. C'est tout ce qui reste de son amoureuse, comme les rides de la main de mon grand-père sont les traces de sa complicité avec la terre.

Date de migration

Le dealer avait raison.

Devant la salle de l'imam, un garçon vend des pistaches grillées, j'achète un cornet. L'iftar est déjà fini, des bénévoles nettoient tout, l'imam a un visage soucieux. Je me renseigne auprès de lui :

— Hier, Saber a garé sa voiture sur un emplacement interdit, des policiers lui ont demandé de quitter les lieux. C'était avant le coucher du soleil, il était énervé, il n'avait pas fumé de toute la journée du fait du jeûne. Je le connais, il devient fou à cette heure-là.

— Qu'est-ce qui s'est passé ?

— Il a dit aux flics : « Je vais juste faire une petite course et je reviens. » Ils ont refusé. Il est descendu de sa bagnole, ils se sont disputés. Je ne t'ai pas demandé ce que tu voulais boire.

— Rien, merci, continue.

— C'est idiot, il les a insultés, ils l'ont coincé, il a résisté et ils se sont bagarrés. L'un d'eux lui a dit : « Sale Arabe. » Saber a sorti un couteau et l'a poignardé. Je lui disais tout le temps qu'il fallait qu'il garde son sang-froid avec les poulets. Il me répondait : « Je les déteste. » Moi aussi je les déteste. Ça veut pas dire qu'il faut se battre avec eux ! Il va passer des années en prison. Heureusement le policier n'est pas mort, sinon, ça aurait été très compliqué.

L'imam se mord les lèvres.

— Je peux plus rien faire pour lui maintenant.

Il regarde vers l'autre bout de la salle, où Saïd ramasse des boîtes vides.

— C'est un beur, mais il ne parle pas l'arabe quand des Français convertis l'étudient. C'est la honte pour nous.

Il croise les bras.

— Il est nul en arabe, comme la plupart des jeunes de son âge à Bobigny. C'est la faute de leurs parents, ils étaient analphabètes quand ils sont venus en France. Leurs enfants ont grandi sans éducation, sans études. Heureusement que nous, les imams, sommes là pour prendre soin d'eux, et être leurs porte-parole. Mais il faut qu'ils arrivent à parler et à lire en arabe. C'est ainsi que tu peux avoir ta place dans cette communauté, en tant qu'enseignant de cette langue. Je veux que tu leur donnes des cours deux ou trois fois par semaine.

Je finis les dernières pistaches.

— Mais moi, je n'ai pas le temps, je...

— Attends, ce n'est pas du bénévolat, je te paierai 60 euros de l'heure.

— Pourquoi moi ? Y a beaucoup de profs dans la région.

— Parce que tu as étudié en Syrie. C'est le pays le plus fort dans ce domaine. À l'école, à l'université, vous pratiquez l'arabe littéraire. Je l'ai bien remarqué quand j'y étais.

Je chiffonne le cornet et le jette dans une corbeille. Il est risqué de faire ce geste en public dans mon pays d'origine ; là-bas, ils utilisent du papier journal pour envelopper les aliments, alors attention ! Il ne faut pas que le portrait du président y figure : il est interdit et dangereux de mettre le Leader à la poubelle...

Je dis à l'imam :

— Tu sais où je peux trouver du jus de tamarin ? La boisson qu'on boit en Syrie pendant le ramadan.

Ma tentative de changer de sujet ne trompe pas mon interlocuteur.

— Aucune idée.

Et il ajoute :

— On a besoin que ces jeunes maîtrisent l'arabe pour mieux connaître le Coran afin qu'ils deviennent des prédicateurs de l'islam. Tu es un homme de bien, fidèle, on peut travailler ensemble, je compte sur toi. Tu gagneras bien ta vie. En même temps, et c'est le plus important, Allah n'oubliera pas ce que tu vas faire, je suis sûr que tu connais la phrase du Prophète : *Les meilleurs d'entre vous sont ceux qui apprennent le Coran et l'enseignent aux autres.*

Saïd demande à l'imam s'il a besoin de quelque chose. Ce dernier lui intime de partir. Il reprend :

— Aujourd'hui c'est le dernier jour du ramadan, ne me donne pas ta réponse avant la fin de l'Aïd, le 3 *Chawwāl*[1].

Je n'ai pas entendu ces calculs de date depuis la Syrie. Quand Mahomet a fui La Mecque, sa ville d'origine, où la plupart des habitants n'ont pas cru son message, il a émigré à Médine pour construire son État islamique avec ses compagnons. Le jour de ce déplacement est devenu chez les musulmans le premier d'un nouveau calendrier, l'Hégirien : Hégire signifie « migration », en arabe.

Depuis, les départs du Moyen-Orient n'ont pas cessé.

1. Le dixième mois du calendrier musulman en usage dans le monde de l'islam. C'est un calendrier lunaire, fondé sur une année de douze mois lunaires de vingt-neuf à trente jours chacun.

Une fumée

Je reçois sur Facebook un message de Violette, envoyé d'un compte anonyme :

« Tu crois que je suis partie sans te donner de raison. Je ne t'ai pas quitté. Je m'en suis allée à cause de cette douleur qui ne me quitte pas. Elle se diffuse dans mon vagin, elle ressemble à un scorpion. Si seulement tu le voyais, tout petit, et horrible. Il avait disparu, mais il est revenu, je pense qu'il est amoureux de moi.

« Ce mal m'accompagne jour et nuit, il dort et se réveille avec moi. Il est au plus près, au plus profond de mon corps, là où je rêvais de porter un enfant, ce qui n'arrivera pas. Car cette douleur est égoïste, soit elle reste, et on quitte tous les deux ce monde, soit elle disparaît avec mes espoirs de maternité.

« Je suis à l'hôpital, en attendant ma nouvelle session de chimio. Seule dans la pièce, je vapote discrètement. Autour de moi, la fumée dessine des visages, des paysages, puis, elle voyage dans le blanc qui m'entoure, avant de s'effacer. »

Aucune nostalgie

Ne pas rester un jour de plus dans cette ville, c'est la seule idée qui m'obsède. Ma tête tourne, mon estomac me lance, mes lèvres sont plus sèches que les fleurs du balcon de Violette.

J'appelle mon prof :

— La chambre à Paris est toujours disponible ?

Trouver un logement est un miracle, mais en laisser un est plus simple que rouler une cigarette. Ma logeuse actuelle accepte mon départ. Le nouveau propriétaire, bien que la pièce soit libre, refuse, toujours pour les mêmes raisons : « Migrant, pas salarié, Arabe. » Mais mon prof se propose d'être garant, alors c'est d'accord.

Ces gens qui ont de la sympathie pour les Syriens réfugiés, qui manifestent avec eux pour le droit d'asile, et pleurent chaque fois qu'ils entendent des nouvelles de cette guerre, ne demandent rien en retour. Je n'ai aucune envie de chercher ce qu'il y a derrière leur sollicitude. Comme mon prof, le désir qui les motive pour donner, c'est donner. Comment les remercier ?

L'odeur de la terre après la pluie, la même qu'en Syrie, monte jusqu'à mon lit. Là-bas, quand j'étais petit, en cette fin de journée de l'Aïd, la maison dormait. Je sortais dans la cour. Le chant du canari apportait la vie. L'or du ciel plongeait derrière la montagne. Cette couleur, que je vois maintenant, c'était la parole des anciens qui ont édifié cette petite ville à côté de Damas avant de s'éloigner.

Ces bons côtés du passé ne me manquent pas, l'exil est plus profond que la nostalgie.

Un pays

Pour la dernière fois avant mon départ, je me dirige vers chez Fouad. Il sort du PMU, plein d'énergie. Il est revenu dès que la police a autorisé la réouverture du bar.

L'affiche des cours d'arabe est toujours derrière le comptoir, la seule qui n'a pas été déchirée. Aucune envie de lui dire que je déménage, et lui ne me pose pas de questions.

Les clients fixent l'écran, les courses de chevaux les échauffent. Certains brandissent leurs cartons : « Accélère, accélère ! » D'autres déplorent leurs pertes.

— J'ai annulé l'achat de la ferme, me dit-il.

C'est un matin doux, souriant.

— Je suis déjà parti de Tunisie suite à la disparition de mon père. Après le décès du vieux, je ne veux plus fuir la mort, je dois faire face.

Deux hommes l'appellent. Il réagit :

— Qu'est-ce que vous voulez boire ?

— Des bières, comme hier, comme avant-hier.

Il remet une table à sa place.

— Moi, j'ai le choix entre rentrer ou rester en France, ce n'est pas ton cas, désolé pour toi.

— Mais tu sais, pour moi, le pays c'est là où on peut rêver. Là-bas, nous sommes nés comme des étrangers, sous des régimes habiles à voler l'avenir des citoyens.

La cloche du tramway retentit au loin. Je bois mon café doucement, il est délicieux, je n'ai pas envie de le terminer.

Un homme ressemblant beaucoup à l'imam – même barbe, même trace sur le front –, mais un peu plus grand, marche sur le trottoir. Je me déplace vers la droite pour qu'il puisse passer, il fait de même ; je me pousse vers la gauche, il m'imite : nos épaules se heurtent.

Un garçon crie :

— Tournée générale, j'ai gagné aux courses !

Aventure

En tant qu'exilé je n'ai pas de passeport, je ne peux pas voyager, mais j'y parviens tout de même dans ma chambre. Elle donne d'un côté sur l'Euphrate et de l'autre sur la Seine.

Mon costume syrien garde encore le pépiement des oiseaux de Damas. Je les écoute, ils sont toujours là, partout, et nulle part.

En me remémorant le poème « Liberté », je vois les lieux où Éluard écrivait le nom de la femme qu'il aimait. Je vois le Paris de l'époque, il est en noir et blanc, comme sur les photos. Le poète lit encore ses mots de sa voix pleine de douceur, et de puissance.

Avec Louise Michel, j'entre dans les anciens bâtiments, où elle tenait des réunions, je répète ses slogans contre les exploiteurs, je lui demande ce qu'elle pense de notre époque. Elle sourit, et relance son cri.

Une chambre en exil

Sur le dessin d'Adam et Ève, j'accompagne le couple qui paie le prix de son choix. Ils sont seuls sur la terre, construisent une nouvelle existence, loin du paradis, loin de Dieu, et tant mieux.

Ma fenêtre est ouverte vers l'infini, je vois une fleur osciller au vent. Elle me fait signe depuis le jardin des voisins. Elle est seule, ce n'est pas sa saison de bonheur, mais elle est là ; jeune épouse dans le mariage éternel de la nature. Rien ne peut arrêter cette force, cette joie. Pour elle, c'est le temps d'une aventure se renouvelant à chaque instant.

Ici, j'ai traversé des vies, mais maintenant je replie cette histoire, cette chambre, et je m'en vais, libre.

Paris
17 août 2020

Note de l'auteur

La traduction des versets du Coran est celle de Muhammad Hamidullah, sur son site officiel, www.le-coran.com.

Remerciements

À Louise Danou, qui m'a encouragé à écrire dans la langue de Paul Eluard, et m'a suivi pas à pas pendant l'écriture de ce livre, sans son aide, il n'aurait pas vu le jour.

À Virginie Garrett, pour son regard intéressant et sa relecture enrichissante du texte.

À Lionel Donnadieu, pour ses corrections.

Au programme NORA, qui m'a permis de trouver un lieu calme pour écrire.

À La Marelle, l'association qui m'a procuré une résidence d'écriture durant la création du texte.

Ce livre a pu être écrit à la suite de l'obtention d'une bourse de la région Île-de-France en 2020 en collaboration avec le théâtre MC93.

Table

Une chambre en exil

NORD COMPO
multimédia

Composition et mise en pages
Nord Compo à Villeneuve-d'Ascq

Imprimé en France par CPI
en mai 2022

Dépôt légal : mars 2022
N° d'édition : L.01ELJN001022.A002
N° d'impression : 170288